Le Passager Clandestin

Je gagne mon passage à travers des punitions humiliantes qui me laissent en redemander

Père Lolo

LE PASSAGER CLANDESTIN

First edition. May 10, 2024.

Copyright © 2024 Père Lolo.

ISBN: 979-8224146215

Written by Père Lolo.

Also by Père Lolo

Échos de passion
Une épouse pour un milliardaire
Le Passager Clandestin
Mauvais avec l'amour
Steve du Nouvel An

Voler un billet de première classe était un risque, mais je ne pouvais pas me permettre de ne pas le prendre. Dans le pire des cas, je resterais en

prison à l'aéroport pendant un moment, puis je réessayerais, n'est-ce pas ?

Faux.

L'homme que j'ai volé n'est pas n'importe quel passager de première classe. Il s'avère qu'il possède toute la foutue compagnie aérienne.

Et maintenant, il me possède.

Pendant les dix-huit heures suivantes, je gagne mon passage à travers des punitions humiliantes qui me laissent en redemander. Et l'espace d'un instant, je me permets de croire que ça ne finira pas quand nous atterrirons à Tahiti.

Mais je ne peux aller nulle part où mon passé ne me trouvera pas, et quand il le fera, papa est le seul à pouvoir me sauver.

La seule question est : aura-t-il toujours envie de moi une fois qu'il aura appris la vérité sur les raisons pour lesquelles j'ai couru ?

Chapitre 1

Antonia

J'ai traqué un couple à travers l'aéroport, espérant que l'un d'eux se montrerait négligent et déposerait ses billets ou de l'argent liquide, de préférence les deux, ce qui semblait gourmand, mais on pouvait espérer. J'en avais fini avec Détroit et mes bagages d'enfance, dans l'espoir d'avoir de la chance et de décrocher un trajet gratuit n'importe où.

Eh bien, bonjour, sexy !

Un homme magnifique est passé par là, m'offrant un sourire suffisant. Il avait l'air riche – comme si ses chaussures valaient plus que le loyer de l'année dernière, riche. J'ai remarqué qu'il portait une mallette et un pardessus qui pendaient nonchalamment sur un bras. Il s'est arrêté pour parler avec quelques agents de bord qui se tenaient à quelques mètres de l'endroit où j'étais appuyé contre un poteau.

Alors qu'il me tournait le dos, j'avais une vue dégagée sur ses muscles solides et ciselés, évidents à travers sa chemise habillée. Sa posture était forte et son comportement me faisait penser à un animal à peine contenu. Je l'imaginais facilement comme un chat géant, avec une queue agitée dans les airs avec impatience pendant qu'il parlait avec les deux femmes.

Mes yeux se tournèrent vers l'avant-bras solide qui tenait sa mallette. Il avait les bras les plus sexy que j'aie jamais vu. L'autre avant-bras était caché sous son trench-coat, mais j'avais une vue dégagée sur son biceps bombé.

Tiens le téléphone!

Je pouvais voir sa carte d'embarquement accrochée à la poche de son trench-coat. Voler son billet serait l'une de mes tâches les moins risquées. Je suis passé devant le trio et j'ai fait comme si j'avais trébuché, laissant tomber mon sac à main, son maigre contenu se répandant sur le sol. "Oh, mon Dieu," m'exclamai-je.

"Laisse-moi t'aider", dit le magnifique homme en costume en se penchant pour récupérer un rouge à lèvres fugitif. Je l'ai rejoint et j'ai attrapé son billet, l'empochant sans que personne ne s'en aperçoive.

Au moment où il m'a remis mon rouge à lèvres, j'avais tous mes articles rangés dans mon sac à main. « Merci gentiment et je m'excuse d'avoir interrompu votre conversation. Je ne sais même pas sur quoi j'ai trébuché, mais je m'inquiète avant de prendre l'avion. Avant que quiconque puisse répondre, je suis parti, trouvant rapidement une salle de bain et m'enfermant dans une cabine.

En ouvrant l'enveloppe du billet, j'ai été choqué de constater que je m'étais approprié un trajet en première classe. Putain de merde ! J'ai lu le ticket à la recherche de l'emplacement. N'ayant jamais voyagé, je ne savais pas où chercher. Détroit à Tahiti ? Quoi? J'ai dégluti et cherché une date de retour. Merde, pas de rendez-vous ; c'était un ticket ouvert.

Ai-je eu le courage d'aller à Tahiti ? Je ne savais même pas où c'était, mais j'imaginais une île avec des palmiers, où il ne faisait jamais froid, où le fait de ne pas avoir de manteau n'aurait pas d'importance, et c'était réglé ; J'allais à Tahiti. Je ne pourrais pas passer un autre hiver à Détroit. Le temps était déjà froid et ce n'était qu'au début de l'automne.

J'ai sorti ma carte d'identité de mon sac à main et me suis dirigé vers la porte. Quand je suis arrivé, les passagers étaient déjà en train d'embarquer. J'ai remis ma carte d'embarquement et mon billet à la femme à l'entrée et j'ai prié pour qu'elle me laisse monter dans l'avion. Son téléphone sonna et elle s'excusa en répondant. Pendant ce temps, je me balançais d'un pied sur l'autre, imaginant le pire résultat possible, et j'étais sur le point de m'enfuir.

Si j'allais à la prison de l'aéroport, puis à la vraie prison, je n'avais aucun moyen de payer ma sortie et personne pour défendre ma caution. Au lieu de cela, elle a raccroché, m'a rendu le billet et a déchiré la carte d'embarquement en deux.

« Profitez de votre vol », dit-elle avec un sourire.

Le cœur battant, je me suis précipité sur la passerelle d'embarquement des passagers et suis entré en première classe. J'ai trouvé mon siège et je me suis émerveillé devant l'espace. Je ne savais pas quoi faire de mon sac à main, alors je l'ai gardé sur mes genoux après m'être attaché. Heureusement, l'avion était en grande partie chargé lorsque je suis monté à bord et je n'ai pas eu longtemps à attendre. On m'a offert un verre et j'ai demandé une double mule de Moscou et une bouteille d'eau.

J'ai bu mon verre avant le vol comme si c'était de l'eau et j'ai siroté mon eau comme si c'était la mule de Moscou. Cela m'a beaucoup apaisé et il m'a fallu un moment pour comprendre que l'homme à qui j'avais volé mon billet montait à bord de l'avion.

Merde, merde, merde ! Maintenant, qu'est ce que je fais ?

Il a pris son temps pour retirer son trench-coat, qu'il avait dû enfiler après mon départ, puis l'a remis à l'agent de bord complaisant. J'ai roulé des yeux.

Donc il est magnifique. Ressaisis-toi, j'ai essayé de communiquer avec un air renfrogné lorsqu'elle a regardé dans ma direction.

Elle s'est dépêchée avec son manteau et il s'est assis à côté de moi. J'ai fermé les yeux, faisant semblant de m'être endormi.

"Bonjour, je m'appelle Alexander Savage et vous l'êtes ?"

J'ai ouvert un œil pour voir une main à quelques centimètres de moi.

"Toni, ravi de te revoir." Autant arracher le pansement et en finir avec ça. Mais s'il savait à quoi je faisais allusion, il ne l'a pas reconnu.

"Toni, est-ce que c'est le diminutif de quelque chose ?"

"Ouais, Antonia."

"Et ?" Il m'a regardé avec attente.

"Et quoi ?"

Il m'a offert un petit sourire, mais ses yeux étaient tout sauf amicaux. Je me suis demandé pourquoi continuer à faire semblant et avoir une conversation polie ? Pourquoi ne pas me faire arrêter et me faire expulser de force de l'avion ?

"Votre nom de famille?"

"Floraison. Antonia Bloom.

"Eh bien, Antonia Bloom, nous passons dix-huit heures ensemble et je suis sûr que nous apprendrons à bien nous connaître."

J'ai dégluti. Dix-huit heures. Je quittais vraiment mon monde derrière moi. Le prix du billet approchait les quatre mille dollars. Il serait vraiment difficile pour quelqu'un comme moi de réunir ce montant si je voulais un jour rentrer chez moi. J'ai dégluti à nouveau, luttant contre les larmes qui menaçaient. Je ne lui donnerais pas la satisfaction de me voir perdre la tête.

Notre hôtesse de l'air était de retour avec un liquide ambré sur de la glace et l'a remis à mon voisin.

"Y a-t-il autre chose que je puisse vous procurer avant le décollage, M. Savage ?"

"Non, Linda, je vais bien pour le moment." Il lui tendit un billet de cent dollars. "Assurez-vous d'emmener Phil dîner à votre retour."

Elle rigola et le remercia avant de s'en aller précipitamment.

Je roulai des yeux vers lui. "Achetez-vous toutes vos femmes?"

"Excusez-moi?"

"Je pensais juste que votre démonstration flagrante de richesse devait être vraiment excitante pour la plupart des femmes, mais sachez que je ne suis pas impressionnée."

Alexandre se pencha et me chuchota à l'oreille. "Ce n'est pas l'argent qui devrait t'exciter, chérie, c'est mon pouvoir."

La façon dont il a prononcé ces mots m'a fait frissonner le dos. Mais il n'avait pas fini, et ses mots suivants me firent frissonner et transformer mon sang en eau glacée.

"Je punis les filles coquines, surtout celles qui me volent des billets d'avion."

J'ai été soulagé de voir les moteurs de l'avion s'animer alors qu'il décollait sur la piste à ce moment-là. Mon voisin était assis bien droit sur son siège, sa menace suspendue entre nous comme une chose tangible. Au moment où le voyant de la ceinture de sécurité s'est éteint, je me suis précipité vers la salle de bain. Chaque fois que j'étais stressé, j'avais l'impression d'avoir besoin de faire pipi, et maintenant je ne faisais pas exception. La salle de bains était plus spacieuse que ce à quoi je m'attendais, mais c'était une cabine de première classe dans un grand avion luxueux, donc j'imagine qu'ils avaient de la place pour des salles de bains plus grandes.

Je me suis aspergé d'eau sur le visage et j'ai pris quelques respirations profondes. Me sentant mieux, j'ai ouvert la porte et j'ai failli tomber sur Alexandre, qui attendait de l'autre côté.

"Oh, euh désolé, je vais m'écarter de ton chemin." J'ai essayé de passer devant lui, mais il m'a saisi le bras.

« Comme je l'ai dit, je punis les filles coquines, et toi, mon petit passager clandestin, tu es vraiment très coquine. De retour à l'intérieur, c'est l'heure de votre fessée. J'ai bien l'intention que vous ressentiez mon mécontentement pendant les dix-huit prochaines heures.

J'étais tellement choqué que je ne savais pas quoi dire. Les mots d'Alexandre m'ont envoyé une pointe de désir, et je sais que mon corps m'a trahi parce qu'il souriait comme le chat du Cheshire dans Alice au pays des merveilles à ma réaction. Il m'a retourné et m'a doucement repoussé vers la porte.

"Mais, mais, euh, je pourrais te rembourser ?" Je cherchais désespérément une issue, humiliée à l'idée d'être punie comme un enfant.

« Je n'ai pas besoin de votre argent ; d'ailleurs je sais que tu n'en as pas, sinon pourquoi voler un billet ? Savez-vous au moins où se trouve Tahiti ? Dans quel type de monde volez-vous ?

Il nous a tournés vers le miroir pendant qu'il parlait. Alexander mesurait presque un pied de plus que moi et son visage était visible au-dessus du mien. J'ai remarqué plusieurs choses à la fois, la différence de taille entre nous, son regard magnifique mais déterminé, et mes joues rouges flamboyantes, ainsi que mes pupilles dilatées. Ma culotte était mouillée et alors qu'il me plaquait devant lui, sa longueur dure se pressait contre mon dos.

J'avais l'impression de regarder un film et j'étais fasciné par les deux personnages principaux : nous. Les yeux d'Alexandre étaient presque de la même couleur que sa boisson avant le vol, ambrés, et pouvaient passer de doux à durs en une nanoseconde. Ses yeux n'étaient pas la seule chose remarquable sur son visage. Il avait une mâchoire ciselée et ses épais cheveux bruns étaient ramenés en arrière, lui donnant une image pragmatique. Et sa bouche... alors qu'il avait de belles lèvres, elles étaient actuellement légèrement tournées vers le bas d'une manière désapprobatrice. Si son langage corporel était créé pour me faire me tortiller, ça fonctionnait. Je me sentais comme la vilaine fille qu'il m'accusait d'être.

« Qu'est-ce que tu fuis, Toni ? »

Mes yeux, qui admiraient secrètement sa vaste poitrine et ses muscles pectoraux, revinrent vers ses yeux. Une grosse erreur de ma part, car maintenant je me sentais comme une mouche prise dans une toile et la grosse araignée était sur le point de bondir.

"Que veux-tu dire?" J'ai dégluti, essayant de déloger la boule dans ma gorge.

Alexandre n'a pas expliqué davantage. Au lieu de cela, il a dit : « Gardez les yeux fixés sur le miroir. » Sans autre explication, il a tiré mes hanches en arrière jusqu'à ce que je sois plié à la taille. Puis il a tiré mon jean.

J'ai haleté lorsque l'air frais filtrant à travers la ventilation de l'avion a frappé ma peau déjà froide. J'étais en train de chercher mon jean pour le remonter quand Alexander posa sa main sur mes fesses en culotte. J'ai poussé un petit cri de choc à la fois face à la piqûre dans mes fesses et au fort craquement qui a rempli la petite cabine.

"Ne remonte pas ton pantalon ou ça," dit-il en baissant mes sous-vêtements. « Tu prendras ta punition comme une bonne fille. Est-ce que tu comprends?"

La gravité de ma situation commençait enfin à prendre conscience, et pour contrecarrer à quel point je me sentais vulnérable, j'ai canalisé ma chienne dure intérieure et je l'ai regardé dans le miroir.

"Va te faire foutre, Alexandre." J'ai essayé de me lever, mais il a poussé ma poitrine vers le lavabo puis m'a saisi les cheveux.

«Voici ce qui va se passer. Je vais vous donner une fessée jusqu'à ce que je sente que vous avez appris votre leçon. Si cela signifie que je devrai vous ramener ici toutes les heures pendant tout ce vol, c'est ce que je ferai. Comment ça sonne?"

J'ai regardé avec horreur mes pupilles se dilater face à sa menace, et il ne l'a pas manqué non plus.

"C'est ce que je pensais. Vous voulez votre correction. Tu veux que papa te donne une fessée et ensuite te baise insensé, n'est-ce pas ?

J'ai répondu par un gémissement, ne pouvant plus retenir mes réactions face à la façon dont il me traitait.

"Oui."

"Oui, quoi, gamin ?"

"Oui, Alexandre." Son sourire dans le miroir était cru, ses yeux ambrés si sombres qu'ils paraissaient presque noirs.

"La réponse appropriée est papa ou monsieur."

J'ai guetté un signe indiquant qu'il s'agissait d'une blague, que peut-être une sorte de farce de caméra cachée était en jeu, mais son langage corporel indiquait qu'il était sérieux.

"Demandez votre correction à papa, Antonia."

Ma libido faisait de la gymnastique. J'étais tellement excité et pourtant tellement terrifié. C'était juste une fessée. Je pourrais faire ça, n'est-ce pas ?

"S'il te plaît, papa, s'il te plaît, punis-moi d'être une mauvaise fille." Au moment où les mots ont été prononcés, j'ai senti un mur s'effondrer.

Un endroit profondément caché où je me gardais en sécurité semblait s'évaporer. J'ai pressé mes fesses vers lui, voulant sentir sa main sur ma peau glacée. J'ai été stupide de penser que ce serait chaud. Lorsque sa main s'est écrasée sur ma joue droite, j'ai poussé un cri involontaire.

"Je ne vais pas vous donner d'échauffement car vous avez une leçon à apprendre." Il m'a donné de fortes fessées à plusieurs reprises.

Je m'accrochais à l'évier avec une poigne mortelle, essayant de prendre mes justes mérites d'une manière contrite. Mais quand il a atteint la cinquantaine, je me tortillais et sautais d'un pied sur l'autre pour tenter de trouver un soulagement.

Papa a déplacé sa main du bas de mon dos vers mes cheveux et a serré fermement ma queue de cheval. Ma capacité à me tortiller étant désormais gênée, je restai immobile et essayai de faire moins de bruit. Dans l'état actuel des choses, j'étais convaincu qu'en sortant de la salle de bain, tout le monde me lancerait des regards compatissants. Je détestais ça. Je n'avais besoin de la pitié de personne.

Il a arrêté de me donner une fessée alors que les larmes que j'étais prêt à retenir s'échappaient finalement et coulaient sur mes joues. Il m'a frotté et massé les fesses pendant que je pleurais et regardais mon visage avec fascination. Ne m'ayant jamais vu pleurer, j'ai été surprise par ma jeunesse et par les taches qui apparaissaient sur ma peau pâle. Mes yeux verts étaient un peu plus foncés, presque d'un vert mousse au lieu du gris-vert plus clair qu'ils étaient habituellement.

Quand j'ai regardé Alexander, je l'ai trouvé en train de me regarder attentivement. Gardant ses yeux fixés sur les miens, il déplaça un doigt le long de ma fente. J'ai gémi et j'ai repoussé, en voulant plus.

"Je veux que tu te regardes dans le miroir pendant que je joue avec toi par derrière. Je veux que tu voies ce que je vois quand je regarde ton visage, Antonia.

Je n'ai pas répondu, j'ai juste obéi, fasciné par ce qui se déroulait sous mes yeux.

Alexander a continué à tenir ma queue de cheval, en tirant mon cou en arrière, de sorte que ma vision de ce qui se passait était clairement visible dans le miroir. Avec son autre main, il a utilisé ses doigts pour frotter doucement mon clitoris nécessiteux. J'étais tellement excitée que ses doigts glissaient sans effort. La sensation qu'il créait construisait un enfer en moi. Aucun homme ne m'avait jamais fait ça auparavant. La somme de mon expérience sexuelle n'avait rien à voir avec les livres que j'avais lus quand j'étais jeune adolescent, dans lesquels l'homme prenait le contrôle et arrachait des orgasmes fabuleux à sa femme. Le mien était avec un gars tout aussi inexpérimenté qui pensait que le sexe durait quinze secondes et venait. Ce qu'Alexandre faisait était si différent, et n'ayant jamais eu d'orgasme, je ne pouvais que supposer que le picotement qui se déplaçait de l'endroit où il jouait jusqu'à ma poitrine était la construction de ce plaisir insaisissable.

"Dis-moi ce que tu veux, Antonia, dis les mots."

"S'il te plaît, papa, je dois venir."

Il enfonça un doigt profondément en moi et l'enroula. Il bougeait sa main par mouvements réguliers, frappant mon clitoris avec son pouce à chaque poussée de son doigt à l'intérieur de moi.

J'ai regardé dans le miroir avec une horrible fascination alors que je commençais à me déhancher sans vergogne. Mon visage montrait une femme excitée, sur le point de son premier orgasme. Et c'est ce qui m'a fait basculer un instant plus tard. À quel point j'avais l'air excité. Mais il n'en avait pas fini avec moi.

Il m'a redressé complètement et a retiré ma chemise. J'ai enlevé mes chaussures usées, j'ai enlevé mon jean et mes sous-vêtements, alors maintenant j'étais nue, à l'exception des chaussettes. Il passa un bras autour de mes côtes et attrapa l'un de mes tétons pointus. Il fit rouler le bourgeon tendu entre ses doigts, envoyant de délicieuses sensations dans mon cœur.

Levant une de mes jambes, il posa mon pied sur le comptoir. Je pouvais voir le jus recouvrir l'intérieur de mes cuisses et je gémissais alors que je me penchais en arrière contre son corps musclé pour me soutenir. Je l'ai regardé caresser mon entrée d'une main tandis que l'autre jouait avec et torturait mes mamelons.

J'étais dans un état de dévergondage gémissant et se tordant quand il m'a soudainement donné une fessée. Je pousse un petit cri avec l'intensité de la douleur mêlée au plaisir. Il m'a pincé brutalement le mamelon droit et, avant que je puisse protester, m'a donné une fessée sur le sexe. Alors que les sensations traversaient mon système, j'ai eu un orgasme, regardant ma peau briller de mille feux avec la preuve de ma libération.

Alexander a enfoncé ses doigts à l'intérieur de moi, me prenant fort et vite tout en me torturant les mamelons. Je suis venu vite, si vite, que je n'avais aucune capacité à endiguer le torrent de sensations qui m'envahissait. Il a continué, ne s'arrêtant pas jusqu'à ce que je sois une poupée de ragdoll boiteuse et frissonnante dans ses bras.

Il m'a tenu jusqu'à ce que je reprenne mon souffle, puis m'a appuyé contre l'évier. Alexander a attrapé plusieurs serviettes en papier ultra-douces pliées que je pensais être proposées uniquement en première classe et en a humidifié quelques-unes.

À mon grand embarras, il essuya entre mes jambes et prêta une attention particulière à mes lèvres inférieures enflées. Quand il eut fini, il en attrapa quelques-uns frais dans le panier et me tapota pour les sécher. Il m'a aidé à m'habiller, sans mes sous-vêtements qu'il a déposés dans sa poche, et m'a reconduit à mon siège. Aucun mot n'a été prononcé et j'ai commencé à avoir l'impression que ma vie était devenue une image animée. Une fois assis, quoique douloureusement, il a bouclé ma ceinture de sécurité.

Je n'ai rien dit ; après tout, que pourrais-je dire ? Merci de m'avoir donné mon premier orgasme dans une salle de bain, ma première fessée, ma première fois dans un avion ? Ma récitation intérieure a commencé à ressembler à un livre du Dr Seuss. Lorsqu'il fut de retour à sa place, il tourna son regard vers moi.

"Maintenant, vilaine fille, dis merci, papa, pour ma punition et ma récompense."

J'ai senti un afflux instantané de sang inonder mes joues et mon vagin se serrer en réponse à ses paroles.

"Merci, papa, de m'avoir puni." Je m'arrêtai et déglutis. "Et, euh, la récompense, c'était vraiment, euh, bonne."

Les yeux d'Alexandre brillèrent. "Oh, ce n'est que le début de ce que j'ai l'intention de faire avec toi, douce Antonia."

C'était là à nouveau, le boulon électrique me traversait jusqu'au cœur et me rendait à nouveau humide. Comment un homme a-t-il pu provoquer une telle réaction en moi ?

"Fais une sieste maintenant", dit-il en appuyant sur le bouton pour que mon siège se transforme en lit. "Vous aurez besoin de votre force."

J'étais sur le point de nier avoir besoin de quoi que ce soit, mais j'ai été submergé par un énorme bâillement. Peut-être qu'une petite sieste serait une bonne chose. Après tout, je n'avais pas bien dormi depuis mon évasion.

Chapitre 2

Alexandre

Je l'ai observée du coin de l'œil. Le désespoir affamé que je voyais dans son visage irradiait d'elle par vagues. C'était un diamant brut, et je voulais être celui qui polirait et savourerait le bijou, lui redonnant tout son éclat.

Je savais pourquoi elle était à l'aéroport. Il n'était pas nécessaire d'effectuer une profonde introspection pour comprendre qu'elle était là pour prendre l'avion et qu'elle n'avait pas d'argent. Je l'avais observée pendant un certain temps avant de faire mon apparition. Pensant qu'elle ne pourrait pas résister au ticket, je l'ai volontairement laissé suspendu de manière précaire à la poche de mon pardessus.

J'ai été impressionné par ses mouvements rapides et fluides pour récupérer mon billet. Je pouvais dire que les deux dames avec qui j'ai parlé n'avaient aucune idée de ce qui se passait réellement. Mais j'avais grandi dans l'industrie aérienne et j'avais passé des heures avec mon père à observer les gens. Dès mon enfance, il m'a montré des qualités identifiables en termes de tenue vestimentaire, de manières et d'actions.

Ses intentions peuvent être inaperçues pour mes compagnes, mais pas pour moi ; elle aurait tout aussi bien pu porter une pancarte indiquant « voleur ». Malheureusement pour moi, mon père était décédé subitement et m'avait laissé bien trop jeune avec sa compagnie aérienne. À vingt-huit ans, j'ai parcouru le monde trois fois et vu des choses dont la plupart des gens ne font que rêver. J'ai eu des relations sexuelles avec une myriade de femmes allant des dignitaires étrangers les plus riches à une simple ébat dans les draps lors d'une escale avec une hôtesse de l'air.

Je pourrais dire que j'étais désensibilisé par toutes mes expériences qui étaient presque floues. Je n'ai pas souvent trouvé quoi que ce soit ou quelqu'un qui ait suscité une réaction de ma part. Mais quelque chose chez cette jeune femme l'a fait. Malgré son t-shirt trop large et usé, on pouvait voir qu'elle avait des seins parfaits qui reposeraient dans les mains d'un homme comme un fruit mûr. Son jean lui allait bien, même s'il était usé jusqu'à la corde et ne cachait en rien son cul en forme de cœur, qui se trouvait être ma courbure préférée chez une femme.

Ses cheveux dorés étaient comme un fil finement tissé, et je voulais y passer mes mains et sentir ses mèches soyeuses. Son teint était assez pâle et sans maquillage, ce qui prêtait à une fragilité dans son apparence. Ajoutez à cela ses yeux verts brillaient de faim et de détermination, et je suis devenu accro.

Lorsqu'elle s'est enfuie avec mon billet, probablement pour aller aux toilettes pour découvrir à quel point son prix était bon, j'ai ri intérieurement, mon Dom se frottant les mains par anticipation. Je ne pouvais tout simplement pas résister à l'envie d'être papa, et celui-ci en avait clairement besoin, désespérément.

Je me suis dirigé vers le comptoir et j'ai récupéré un autre ticket. Notre trajet dans l'avion était bon, généreux dans son intimité, mais ne nous conduirait qu'en Californie, où nous prendrions Air France en première classe. Cela nous donnerait une suite privée avec un lit, une nourriture de classe mondiale et le meilleur service de vol offert.

J'ai vu mon passager clandestin errant sortir des toilettes et se diriger vers le terminal. Je savais qu'elle n'avait jamais pris l'avion auparavant, car si c'était le cas, elle saurait qu'on ne peut pas utiliser le billet de quelqu'un d'autre. Non, c'était un acte déterminé de la part d'une fille désespérée, et j'allais intervenir et la sauver.

J'avais hâte de jouer le rôle de la victime lésée et de donner une fessée à son cul parfait. Elle offrirait des heures de divertissement lors d'un voyage autrement ennuyeux jusqu'à la base de ma chaîne hôtelière familiale. J'avais décidé que je devais m'occuper d'un problème interne que personne d'autre ne pouvait résoudre. Bien sûr, je la mettrais là-haut une fois que nous aurons atterri. Mais elle ne le savait pas encore, ni quoi que ce soit sur qui j'étais ou sur mes projets pour elle.

Quand je suis monté dans l'avion et que j'ai déménagé dans notre section de première classe, il était difficile de ne pas rire quand son visage pâlissait, devenant plus blanc si possible. Puis elle ferma rapidement les yeux, faisant semblant de dormir. Je me suis présenté et elle a soupiré de résignation, abandonnant le jeu en disant que c'était agréable de me revoir. Nous savions tous les deux qu'il était impossible qu'elle n'ait pas volé le billet, mais aucun de nous n'était disposé à parler de l'éléphant dans la pièce ou de l'avion dans cette affaire.

Quand elle a prononcé son nom complet, Antonia Bloom, mon cœur s'est serré. J'avais lu un article de presse sur ce qui était arrivé à sa famille. Les parents ont été tués par balle alors qu'ils rentraient chez eux après un film dans un quartier plus dangereux de Détroit. Leur fille unique, Antonia, seize ans, avait disparu. C'était il y a environ cinq ans et je me demandais où elle était pendant tout ce temps. J'avais bien l'intention de découvrir et de réparer les torts de sa vie. J'étais riche, bien connecté et, quand tu baisais avec quelque chose qui me tenait à cœur, mortel. Et ma petite Toni se révélait définitivement être quelque chose qui me tenait à cœur.

Chapitre 3

« Toni... Antonia, réveille-toi ; c'est l'heure de manger."

Mon nez m'a informé bien avant mes autres sens que quelque chose de délicieux m'attendait. J'ai ouvert un œil et j'ai vu devant moi un plateau rempli de nourriture. J'ai commencé à saliver et j'ai rapidement mis ma chaise en position verticale.

"Oh mon Dieu, ça sent si bon. Qu'est-ce que c'est?"

Alexandre m'a regardé avec surprise. « N'avez-vous jamais mangé de steak auparavant ? Sinon, ne vous inquiétez pas, vous apprécierez celui-ci ; c'est le haut de gamme.

J'avais envie de rire de ce à quoi j'imaginais une vache haut de gamme. J'ai pris ma fourchette et mon couteau et j'ai pris une bouchée. Pendant que je mâchais, une explosion de saveurs s'est libérée et j'ai poussé un gémissement involontaire. La texture était presque beurrée, moelleuse et savoureuse. J'ai rapidement pris une autre bouchée et j'étais vaguement conscient qu'Alexandre me regardait manger. J'ai fourré une fourchette de purée de pommes de terre et de haricots verts marinés dans une sorte de sauce qui fondait également dans ma bouche.

"C'est tellement bon; Je jure que ma bouche jouit.

Il a ri puis m'a demandé si j'avais déjà mangé des fruits de mer.

"Beurk, non, comment peux-tu comparer cet incroyable steak aux fruits de mer ?"

Il fit signe à Linda et dit quelque chose dans une langue différente.

À cause de sa qualité nasale et fluide, j'ai pensé que cela pourrait être français. « Tu ne manges pas, Alexandre ?

Il grogna : « Voudrais-tu un autre voyage aux toilettes pour me rappeler comment m'appeler ?

En dehors de la salle de bain, l'appeler papa semblait être le comble absolu de l'humiliation, mais lorsqu'il me l'exigeait, j'ai ressenti un spasme et une mare d'humidité entre mes cuisses.

"Désolé, papa," murmurai-je. Quand je l'ai dit à voix haute, au lieu de simplement l'imaginer dans mon esprit, cela ne m'a pas semblé aussi embarrassant que je le pensais. En fait, c'est exactement le contraire qui s'est produit. Je me sentais petit et en sécurité pour la première fois depuis toujours. Ensuite, mon côté plus analytique, ne faites confiance à personne, a pris le dessus, gâchant le moment de bonheur.

« Alors, je peux t'appeler Alex ? Comme quand nous sommes en public ?

"Oui, tu peux m'appeler Alex quand cela est approprié."

Ses mots étaient simples, mais j'avais l'impression qu'il faisait référence au futur. Quelque chose dans son ton parlait plus de dix-huit heures. Ou peut-être que c'était juste moi qui espérais quelque chose de plus.

La façon dont il m'avait fait plaisir dépassait tout ce que j'avais jamais connu, et la façon dont il grognait mon nom envoyait des douleurs de désir dans mon cœur. Ses goûts en matière de nourriture, de vêtements, tout ce qui concernait les préférences de l'homme criaient à la qualité et tout chez l'homme lui-même criait à la fiabilité. Je me demandais combien de filles avaient pu l'appeler papa ? Même si j'avais beaucoup aimé mes parents, mon père ne m'avait jamais fait sentir qu'on prenait soin de moi ou qu'on me protégeait.

Et c'était là le point crucial de mon sentiment d'inadéquation que j'éprouvais depuis que nous avions quitté la salle de bain, que je n'étais rien. Je n'avais rien, je venais de rien, et savoir pourquoi était soudain devenu impératif. "Pourquoi fais-tu ça?"

Alex a coupé un morceau de viande de la taille d'une bouchée parfaite et a habilement mis une petite portion de pomme de terre sur sa fourchette. Il prenait son temps pour mâcher tandis que je tapais du pied avec impatience.

« Par là, dois-je supposer que vous voulez dire ce qui s'est passé dans la salle de bain ? Je pensais avoir été clair sur ce qui arrive aux coquines. Ils sont punis. »

Je voulais le frapper et le baiser simultanément. Il a suscité en moi tant d'émotions tumultueuses.

« Au fait, quand j'aurai fini ce délicieux repas. J'attends de vous que vous alliez aux toilettes et que vous vous prépariez pour votre prochaine séance.

Il parlait avec tant de désinvolture entre les bouchées que le sérieux de son message était presque perdu. Merde, je pensais qu'il plaisantait.

"Et si je dis non?" Même si je savais que je lui obéirais, je devais lui demander. Je voulais un deuxième round de ce qu'il avait à livrer, peut-être pas la punition, mais la récompense valait presque la peine d'une deuxième fessée.

« Ensuite, vous pouvez prendre un siège que vous n'avez pas volé à l'arrière de l'avion, en supposant qu'ils en ont un de disponible, et espérer qu'à votre atterrissage, vous pourrez déterminer vos prochaines étapes, ce que vous êtes plus que bienvenu à faire. Cependant, sachez que si vous restez avec moi, je contrôle ce qui se passe et je vous punirai et vous récompenserai comme bon me semble. Est-ce clair?"

Encore une contraction et un jaillissement dans mon jean. À ce rythme-là, j'aurais l'air de me faire pipi dessus.

« Mais pourquoi, pourquoi moi ? Est-ce parce que je suis une cible facile ? Ou pour une raison plus évidente, parce que j'ai volé ton billet et que je te dois de l'argent, donc c'est ta vengeance de jouer avec moi ? Que se passera-t-il lorsque nous atterrirons si je décide de rester avec vous ?

Alex posa sa fourchette et se tourna sur son siège pour me faire face. « Antonia, je n'ai aucune intention néfaste envers toi. Je t'ai vu à l'aéroport et je savais ce que tu faisais. Je savais que si je brandissais mon billet, tu le volerais. Je savais aussi que je pouvais acheter un autre billet sans problème et m'asseoir à côté de vous. Je te trouve très belle et j'avoue que je voulais m'amuser avec toi lors de ce qui autrement serait un voyage très ennuyeux. Je n'ai pas l'intention de vous obliger à me rembourser. Comme je l'ai déjà dit, je n'ai pas besoin de votre argent. Je suis intrigué et si vous décidez de rester avec moi pendant la durée de mon voyage, qui devrait durer environ deux semaines, je veillerai à ce que vous passiez le meilleur moment de votre vie. Je vais vous acheter une nouvelle garde-robe et vous trouver un emploi ici à Tahiti ou partout ailleurs où vous souhaitez aller. Tout ce que je peux dire, c'est parce que je le veux. Je me sens obligé de mieux te connaître. Mais je vous préviens une dernière fois. Je suis un Daddy Dom, et cela signifie que, lorsqu'il s'agit de votre santé et de votre sécurité, je dirige le spectacle et vous m'obéirez. Reprenant sa fourchette, il se remit à manger les dernières bouchées de son dîner.

J'ai réfléchi à sa proposition... deux semaines de paradis avec une nouvelle garde-robe et un travail ? Absolument. En plus, je pouvais prétendre être n'importe quoi, et s'il voulait un gamin à punir et une princesse à gâter, je pourrais l'être. Après tout, tout cela n'était qu'un acte.

Mais même moi, je savais que j'étais plein de merde. Quelle que soit sa marque, je le voulais. Je le voulais et ses mains sur moi, me donnant une fessée ou me faisant jouir, je m'en fichais, et de toute façon, je voulais plus de temps pour explorer l'idée d'être à lui et pourquoi cela envoyait un désir de désir au plus profond de mon cœur. .

Chapitre 4

Alexandre

À côté de moi, les pensées d'Antonia étaient bruyantes. Je pouvais la sentir peser ses options et je savais qu'elle me choisirait. Elle voulait savoir ce que ça faisait d'être aimée et protégée, et je lui donnerais cela, et bien plus encore.

Une fois mon dîner terminé, j'ai posé ma fourchette. « C'est l'heure du deuxième tour, gamin. Je veux que tu sois dans la salle de bain, pantalon et chemise enlevés, et à genoux, la tête penchée en supplication. Des questions?"

Ses joues étaient enflammées par mes mots et j'avais envie de rire, mais je devais être sérieux pour transmettre l'importance de mes instructions.

"Oui Monsieur."

Antonia est partie aux toilettes, et juste après son départ, Linda est venue et a emporté nos plateaux. J'ai suivi Antonia jusqu'à la salle de bain, tapant légèrement sur la porte à mon arrivée. Un instant plus tard, Antonia ouvrit la porte, s'étirant de sa position sur le sol.

"Bien, truc," commentai-je. La tête baissée, je n'ai aperçu que les coins de sa bouche relevés en un sourire.

"Merci papa."

J'ai senti ma bite se tendre dans mon pantalon. Je ne me retiendrais pas lors de ce tour. J'avais autant besoin de soulagement qu'elle.

"D'accord, petit gosse, je veux que tu te drapes sur le couvercle des toilettes, avec ton cul face à moi, que tu le montes haut et que tu le gardes là."

Antonia s'est précipitée pour exécuter mes ordres, et une fois qu'elle a été en place, je lui ai écarté les jambes. Son excitation était évidente dans la peau scintillante de l'intérieur de ses cuisses. Ses fesses étaient toujours d'un rose foncé mais sans ecchymoses à proprement parler, une toile parfaite pour le deuxième tour. J'ai retiré ma ceinture et j'ai enroulé l'extrémité de la boucle en toute sécurité dans ma main.

"S'il vous plaît, n'hésitez pas à crier et à alerter les autres passagers de votre punition", dis-je avec désinvolture, ramenant la ceinture sur les deux joues. Il y eut cette pause suspendue pendant qu'Antonia traitait la nouvelle sensation. Le bruit que faisait la ceinture lorsqu'elle coupait l'air ne l'incitait pas à serrer ses joues par anticipation, ce qui me disait qu'elle n'avait jamais reçu de fessée avec du cuir auparavant.

J'ai anticipé sa réponse à la piqûre et j'ai regardé la bande rouge se poser sur le rose vif de son derrière déjà attendri. Rien de ce à quoi je m'attendais ne s'est produit.

Au lieu de cela, Antonia m'a regardé par-dessus son épaule, ses grands yeux de chouette clignotant de surprise. "Merci papa. Puis-je en avoir un autre ?

Elle ne pouvait pas être sérieuse. Était-elle en train de dire qu'elle aimait ça ?

J'ai soigneusement aligné la bande suivante pour qu'elle repose juste sur le bord de la première. Je commençais par le haut et descendais jusqu'à l'arrière de ses cuisses. La ceinture a atterri avec un bruit sourd et j'ai attendu. Rien, à part le petit bonhomme, ne remuait son derrière sexy et rougi. À ce rythme-là, je me suis puni en m'abstenant de me livrer à d'autres actes plus agréables.

J'ai augmenté la puissance en en déposant une sur la partie la plus large de ses joues. Elle siffla sous l'impact mais se reprit rapidement.

"Oh, merci, papa." Lorsqu'elle tourna les yeux vers moi cette fois, les surprises disparurent et à leur place le pur désir.

Bon sang, elle était parfaite pour moi, et j'ai décidé d'arrêter de m'inquiéter et de me lancer dans les coups qu'elle demandait si librement. Je ne me suis pas arrêté mais j'ai gardé un rythme soutenu. Chaque fleur de couleur vive s'est fondue dans la dernière jusqu'à ce que ma toile soit entièrement peinte. Je me suis éloigné et j'ai admiré mon travail, puis je me suis penché pour tracer quelques bords surélevés, aimant leur apparence.

"Antonia, retourne-toi maintenant et mets-toi à genoux. Il est temps de montrer à papa combien tu as aimé recevoir le baiser de sa ceinture.

Antonia s'est retournée et est revenue à sa position d'origine à mon arrivée. J'ai ouvert ma braguette et j'ai bougé pour que ma bite ne soit qu'à quelques centimètres de sa bouche. "Goûte moi."

Docilement, sa langue sortit et lécha le pré-sperme de la tête veloutée.

Ma tête est tombée en arrière et mes genoux se sont ramollis alors qu'elle prenait ma bite dans sa bouche. J'étais très dur lors de nos séances et je savais qu'il n'en faudrait pas beaucoup pour me faire exploser ma charge dans sa bouche chaude.

J'ai serré ses cheveux fermement et j'ai bougé sa tête, en la poussant un peu plus vers le bas à chaque répétition jusqu'à ce que ma bite soit profondément à l'intérieur, et de la bave jaillissait des coins de sa bouche alors qu'elle me travaillait comme une pro. J'ai senti mes couilles se resserrer et, en réponse, ma prise sur ses cheveux s'est resserrée et je l'ai maintenue immobile pendant que je lui renversais ma semence dans la gorge. Alors que les frissons s'apaisaient, je me suis retiré de sa bouche et j'ai nettoyé.

Tirant Antonia sur ses pieds, je lui lavai le visage et l'essuyai. Aucun de nous n'a parlé. Nous n'étions pas obligés de le faire. Lorsque nous sommes retournés à nos places, les pétoncles poêlés que j'avais commandés venaient juste d'être placés. « Juste à l'heure, je vois. Merci, Linda.

Linda regarda Antonia avec curiosité puis dit : « De rien, monsieur. Nous commençons notre descente dans quinze minutes. Est ce que je peux te prendre autre chose?"

"Oui, deux cappuccinos, et ce sera tout."

Elle hocha la tête et partit en courant pour exécuter mes ordres.

En m'asseyant, j'ai remarqué qu'Antonia n'avait pas goûté ses pétoncles. "Allez, gamin, fais-moi confiance quand je te dis que ton palais va éclater de bonheur."

Elle a hésité, alors j'en ai poignardé un avec la délicate petite fourchette qui accompagnait le plat. "Ouvert pour papa, Antonia."

Elle m'a lancé un regard puant mais a fait ce qu'on lui a dit. J'ai vu son air agacé changer pour refléter la surprise qu'elle ressentait, puis elle a souri.

"Délicieux, merci, papa."

Je lui ai donné le reste de l'apéritif et elle a terminé le dernier lorsque Linda est arrivée avec nos cappuccinos. Je lui ai tendu un autre billet de cent dollars. Linda sourit avec gratitude et s'éloigna précipitamment.

« Monsieur, puis-je demander pourquoi nous atterrissons ? Je pensais que le vol durait dix-huit heures ?

« Vous avez raison, Antonia, le vol lui-même dure dix-huit heures, mais nous avons une escale de cinq heures à Los Angeles. Ne t'inquiète pas; vous serez très occupé pendant notre escale. Ensuite, nous prenons un autre vol pour le reste du voyage.

Elle semblait inquiète. "Ce qui est faux?" Ai-je demandé en me penchant pour boucler sa ceinture de sécurité et remettre son plateau en position verticale.

« Je n'ai jamais fait ça auparavant, et je ne suis jamais allé à Los Angeles, ou... eh bien, je suppose que je suis juste nerveux. Vont-ils me laisser monter dans le deuxième avion ?

Je lui serrai la main pour l'encourager. "Tout ira bien, je le promets." Cela a semblé l'apaiser et elle a gardé ma main jusqu'à ce qu'il soit temps pour les passagers de débarquer. Nous avons été autorisés à descendre les premiers, et en me pavanant sur la passerelle passagers, j'ai souri. Certainement le meilleur divertissement de vol que j'ai jamais eu, et ma bite s'est mise à penser à notre suite privée sur le prochain vol.

Chapitre 5

Antonia

J'ai grimpé presque à l'aveugle sur la passerelle passagers, reconnaissant qu'Alex me tenait fermement le bras. J'avais l'impression que des poids lourds étaient attachés à mes jambes et mes pensées étaient un peu confuses. J'ai blâmé notre deuxième séance pour mon état actuel de désorientation.

Alex était désormais occupé à travailler alors qu'il me conduisait dans une autre aile de l'aéroport où se trouvaient des boutiques hors taxes. Nous avons franchi la porte d'un assez grand magasin de vêtements proposant un assortiment de vêtements pour femmes, et à côté se trouvait Gucci avec une multitude d'accessoires et de sacs à main coûteux. J'ai regardé Alex pour savoir pourquoi nous nous étions arrêtés.

« Nous devons vous procurer des vêtements pour vous permettre de démarrer à Tahiti. Premier sur notre liste, une tenue de voyage.

Sentant l'argent, sans aucun doute, une vendeuse s'est précipitée vers Alex, m'ignorant complètement, et après l'avoir salué, elle lui a demandé comment elle pouvait l'aider.

"Une tenue confortable mais chic pour voyager, et tout ce que vous avez qui convient par temps chaud."

La vendeuse, dont le nom était Debby, m'a fait faire le tour du magasin tout en me posant une série de questions auxquelles je n'avais pas de réponses. Voyant mon désarroi, Alex nous rejoignit.

« Antonia fait une taille 36 et avec sa coloration, je ne veux rien de trop brillant ou avec une nuance jaune. Elle préférerait les tissus doux qui épousent ses courbes sans être voyants.

J'ai soupiré de soulagement, car il venait de partager ce que je pensais et je n'arrivais pas à l'exprimer avec des mots. J'attribuais mon vide à la stupeur de plaisir que je ressentais encore depuis notre dernière séance dans la salle de bain.

Après avoir essayé tout ce que le vendeur m'a proposé, je suis sorti du vestiaire une heure plus tard, vêtu de ma tenue de voyage, avec quelques sacs en plus. Je ne correspondais pas à Alex dans le département de présentation, mais je ne ressemblais plus à un sans-abri.

Alors qu'il nous bousculait à côté, je nous ai aperçus dans un miroir et j'ai été surpris de voir à quel point nous avions l'air bien ensemble. Je lui ai jeté un coup d'œil pour voir s'il l'avait remarqué, mais s'il l'avait remarqué, son expression ne l'indiquait pas ; il se concentrait sur notre prochain magasin, Gucci.

« Pouah, est-ce qu'on est obligé de le faire ? Cet endroit est tellement prétentieux, et sérieusement, combien d'animaux ont donné leur vie pour qu'un designer puisse faire un stupide profit sur toutes ces conneries ? Dis-je en agitant ma main pour englober tout ce qui se trouve dans le magasin.

Ses yeux pétillaient de malice. « Tu n'es pas ingrate, n'est-ce pas, vilaine fille ? Parce que si c'est le cas, je t'accompagnerai aux toilettes familiales et je te bronzerai les fesses.

C'était une bonne question, et en la posant, j'ai réalisé que je pouvais me comporter mal à tout moment, et maintenant il n'était plus le seul à avoir des yeux pétillants.

"Vraiment, papa," dis-je en clignant des yeux innocents. «Je ne voulais pas être une mauvaise fille. Peut-être que j'ai besoin d'une leçon. Je jouais et c'était amusant maintenant que je comprenais mieux mon rôle.

Debout devant la première rangée de sacs à main, Alex m'a arrêté. "Je sais que tu penses que c'est un jeu, Antonia, mais je t'assure que ce n'est pas une récréation. Faites-moi confiance quand je dis que si je veux vous punir, je peux vous mettre très mal à l'aise. Il se pencha en avant et passa mon mamelon à travers mon soutien-gorge et ma chemise.

J'ai couiné de surprise, mais il ne l'a pas lâché, et à mesure que la pression augmentait, la piqûre s'est développée à un rythme alarmant. J'ai commencé à me tortiller, sachant que quiconque nous regardait saurait ce qu'il faisait. Mais c'était tellement sale et sexy à la fois qu'il me fasse ça à la vue de tout le monde, et pourtant personne ne semblait le remarquer.

« Si vous n'aimez pas ce magasin, qu'en dites-vous ? »

Je pensais avoir dit ce que je voulais dire, mais de toute évidence, il cherchait une réponse différente.

"Euh, merci papa, mais je préfère quelque chose de moins ostentatoire ?" Il m'a souri et a relâché mon mamelon. J'étais déchiré entre vouloir frotter celui qui picotait et le supplier d'égaliser les filles en faisant l'autre. La douleur cuisante laissée par son traitement brutal m'a excité et mon brouillard euphorique s'est dissipé, remplacé par le besoin.

Alex m'a attiré vers lui et m'a chuchoté à l'oreille. "Comportez-vous bien jusqu'à notre embarquement, et vous récolterez une riche récompense."

Ses paroles rauques m'envoyèrent un frisson dans le dos et je frissonnai. "Par récompense, j'espère que tu veux dire avoir beaucoup plus d'orgasmes parce que chaque fois que tu me fais quelque chose, je suis excitée."

Alex rit et passa son bras libre sous le mien. "Allons-y, ma fille excitée, et allons t'acheter de nouvelles chaussures et un sac à main. De quoi d'autres avez-vous besoin? Produits de beauté? Articles de toilette?"

Sa volonté de m'obtenir tout ce dont j'avais besoin a déclenché un déclencheur que je ne savais pas avoir, et j'ai arrêté. Secouant la tête, j'ai dit : « Non, rien. »

Toujours perspicace, Alex a remarqué le changement mais a choisi de ne pas y répondre. Au lieu de cela, il m'a dirigé vers un café et nous avons trouvé un endroit à l'écart pour nous asseoir.

"Il est temps d'avouer, princesse, qu'est-ce qui t'arrive ?"

Je regardais n'importe où sauf lui, souhaitant rester caché. « Je ne sais pas ce que tu veux dire. Il ne se passe rien avec moi. »

Le scintillement bon enfant disparut des yeux d'Alex et fut remplacé par ce regard sombre qu'il avait où ses yeux ambrés devinrent presque noirs.

"Vous avez dû manquer l'endroit où j'ai dit 'comportez-vous' et 'je dirige le spectacle' parce que vous n'agissez pas comme quelqu'un qui m'a entendu."

J'avais l'impression que des murs se pressaient de tous côtés. Je ne voulais pas lui dire que mes parents étaient morts. Depuis lors, ma vie était un enfer. Que j'avais fui un dealer qui m'utilisait comme mule locale. C'était tout l'intérêt de s'enfuir, de tout laisser derrière soi. Personne ne m'avait jamais demandé ce dont j'avais besoin. Enfin, pas depuis ma mère, et c'était il y a des années. L'anniversaire de la mort de mes parents était dans quelques semaines, le jour de mon anniversaire. C'était le pire... chaque anniversaire était un rappel de ce que j'avais perdu.

« Je ne veux pas en parler, s'il te plaît. Mes souvenirs ne sont pas agréables, et quelque chose que vous avez dit m'a rappelé ma mère, et c'est une voie que je ne souhaite pas emprunter.

Les yeux d'Alex s'adoucirent et il prit ma main par-dessus la table et la tint dans la sienne. « Antonia, que diriez-vous que je pose des questions et que vous répondiez simplement par oui ou par non ? Pourriez-vous faire ça pour moi ?

Était-il possible que cela empire ? Oui, c'était plus que probable car je sentais les larmes menacer de couler et pourquoi, parce qu'il était gentil avec moi ?

"Oui, je pense que je peux le faire." J'ai pris ma tasse de café et j'ai bu une gorgée.

« Vos deux parents sont-ils décédés ?

"Oui."

« Étaient-ils le couple Bloom qui a été tué alors qu'il rentrait chez lui après un film, mais dont leur unique enfant, une fille, a été épargnée ?

Mes yeux s'écarquillèrent. Il avait entendu l'histoire ? Bien sûr, il l'avait fait. Cela a fait la une des journaux pendant un certain temps.

"Oui", je suis à peine sorti, alors que le mot a été entendu et que ce n'était qu'un léger sifflement.

« Vous êtes entré dans le système de placement familial. » Ce n'est plus vraiment une question maintenant, plutôt une déclaration.

"Non."

"Tu étais censé le faire, mais tu as disparu, et je soupçonne que c'était un véritable cauchemar ?"

Je ne pouvais plus retenir mes larmes. Je n'avais jamais parlé de ce qui se passait, j'avais vite appris qu'on ne pouvait faire confiance à personne.

"Oui," sifflai-je.

« Tu es courageuse, Antonia, et je sais que c'est difficile pour toi, donc la dernière question pour l'instant... Quelqu'un ou quelqu'un t'a maltraité et tu les fuis ?

Je me sentais déchiqueté, comme s'il venait de me démonter et d'examiner mon âme laide.

"Oui."

Il hocha la tête en signe de compréhension. « Ne vous inquiétez pas. Vous serez bien soigné.

Quelque chose au plus profond de moi aspirait à ce que ses paroles soient la vérité, mais si la vie m'avait appris quelque chose, c'était que les gens avaient rarement, voire jamais, à cœur les meilleurs intérêts de qui que ce soit, à l'exception du leur.

Presque comme s'il lisait dans mes pensées, Alex a dit : « Vous n'êtes pas obligé de me croire ; Je vais vous le prouver.

Fidèle à sa parole, la conversation a été abandonnée et nous avons parcouru une douzaine de magasins supplémentaires en attendant notre prochain vol. Au moment où nous sommes montés à bord d'Air France, j'avais trois bagages supplémentaires, pour un total de six, et j'ai prié pour qu'ils rentrent tous dans le compartiment supérieur.

Imaginez ma surprise lorsque nous avons été conduits à notre propre cabine. Mes yeux s'écarquillèrent sous le choc alors que je regardais autour de moi, appréciant les touches coûteuses.

« Wow, c'est fou ! Je ne savais pas que les gens voyageaient ainsi.

"La plupart des gens ne le font pas, mais je ne suis pas la plupart des gens."

J'étais curieux de savoir ce qu'il faisait car il semblait avoir une réserve inépuisable d'argent liquide.

"Que fais-tu dans la vie?"

Alex a souri d'un air suffisant et a posé une question au lieu de répondre à la mienne.

"Que penses-tu que je fasse?"

Je l'ai regardé, essayant d'imaginer où il gagnait son argent.

« Vous êtes un prostitué de grande classe ? » J'ai rigolé et Alex a ri aussi.

"Je suis propriétaire de l'avion sur lequel nous volons."

"Putain de merde, tu possèdes un avion ?" J'ai été choqué, mais cela avait du sens quand je repensais à tous ceux qui le connaissaient par son nom à l'aéroport.

« Pas seulement un avion, Antonia. De nombreux avions, flottes ainsi que des centres de villégiature.

"Alors, tu es très riche ?"

"Je le suis, mais comme vous, je suis aussi orphelin, et être riche a coûté cher lorsque mes parents ont été tués dans un accident."

Nous n'avions rien de pareil. Statut d'orphelin ou pas, il était un prince, le roi des compagnies aériennes ou quelque chose du genre, et j'étais un petit rien. "Nous ne sommes pas pareils."

Alex ferma la porte après avoir accroché le panneau Ne pas déranger à la poignée. Il s'est assis et m'a tiré sur ses genoux d'un seul mouvement fluide.

« Nous nous ressemblons plus que vous ne le pensez. Avec le temps, vous verrez plus que ce que vous voyez maintenant et vous saurez que nous sommes tous deux issus de nos circonstances.

Cela, je l'ai compris, je me suis penché sur lui et j'ai réclamé notre premier baiser. Lorsqu'il s'est retiré, c'est son câblage qui avait l'air brouillé pour changer, et j'ai souri.

"Maintenant tu sais ce que je ressens." J'ai ri.

Alex s'est levé et m'a déposé sur le lit alors qu'il retirait le message Ne pas déranger de la porte.

"Je vais te montrer à quel point je te veux après le dîner. Nous devons manger pour ce que je prévois de faire avec toi ensuite.

Mes parties féminines se sont serrées en prévision du prochain.

J'étais sur le point d'en dire plus quand on frappa à la porte. Les odeurs de la délicieuse cuisine habilement exposées sur un plateau en argent m'ont rappelé à quel point j'avais faim. Dès que notre serveur est parti, j'ai creusé pendant qu'Alex versait le vin.

"Comment c'est?"

"Le meilleur que j'ai jamais eu."

Alex renifla d'amusement et me tendit un verre de vin. « Bravo », dit-il.

"À quoi?"

"Au meilleur que vous ayez jamais eu."

J'ai ressenti les signes révélateurs de mon excitation et je me suis demandé si c'était aussi évident pour lui que pour moi ? "Oui, papa, c'est le meilleur que j'ai jamais eu... jusqu'à présent," dis-je d'un ton impertinent.

Alex secoua la tête avec amusement et soupira d'un air faussement exaspéré. "Je suis tellement content d'avoir emballé cette pagaie."

Je me suis étouffé avec mon vin.

Chapitre 6

Alexandre

Antonia dormait pendant que je travaillais depuis mon téléphone. Mon détective privé à Détroit cherchait où se trouvait Antonia ces dernières années. Il avait également été chargé de déterminer exactement qui était la cause de ses larmes. Quand je les trouvais, je les déchirais.

En attendant, j'avais prévu de la gâter pourrie. Voir à quel point elle était perdue dans les magasins de l'aéroport m'a brisé le cœur.

C'était une jeune femme si tendre, sa coquille de bonbon dur n'était qu'un mécanisme de protection que je ne connaissais que trop bien. Après tout, avais-je déjà laissé une femme entrer dans mon cœur ? Jamais. À ma connaissance, je n'avais jamais blessé personne non plus, étant toujours franc sur le fait que notre séjour dans les draps était une aventure unique, ce qui ne semblait pas du tout les déranger.

Ce n'est que lorsque j'ai visité un club en particulier avec mon responsable des opérations au Japon que j'ai réalisé quel type d'homme j'étais. J'avais toujours ressenti le besoin de protéger et de contrôler, mais cette nuit-là, j'ai appris que j'étais un papa Dom. J'ai vu se dérouler une scène qui m'a fait vibrer du début à la fin. Lorsque j'ai interrogé Johnathan à ce sujet, il m'a expliqué ce que je regardais. J'étais alors jeune, je venais d'avoir vingt-deux ans et je m'interrogeais sur mes envies particulières. Ma personnalité dominante n'a pas été rejetée lors de mes aventures d'une nuit, et je n'ai eu aucune plainte dans le domaine du sexe, mais mes désirs les plus profonds étaient rarement satisfaits et je savais au fond de moi que j'étais différente.

J'ai été surpris quand Johnathan a dit qu'il était le même et qu'il m'avait amené au club, anticipant mon attirance pour la personnalité de Daddy Dom. Après cette nuit-là, il m'a mis en contact avec quelques femmes expérimentées qui aimaient les papas, et mon processus d'apprentissage a commencé.

Même si j'avais aspiré à une femme soumise, je n'avais jamais ressenti le type de lien que j'avais avec Antonia. Il y avait juste quelque chose chez elle qui m'appelait fort, comme le chant d'une sirène, et j'ai ressenti plus pour elle en plusieurs heures que je n'avais jamais ressenti pour qui que ce soit.

Elle remuait et lorsqu'elle se retourna, ses yeux s'ouvrirent. "Bonjour papa," ronronna-t-elle.

Ma bite a attiré l'attention.

« Bonjour, fille endormie. Vous êtes-vous bien reposé ?

Elle bâilla et s'assit. "Je l'ai fait. Où sommes-nous ?"

"Au-dessus de l'océan Pacifique." Je me suis rapidement déshabillé et je l'ai rejoint sur le lit, la faisant rouler sur moi. Elle était complètement nue et j'admirais ses beaux seins sous un tout nouvel angle. J'ai levé la main et saisi ses cheveux, tirant ses tétons alléchants vers ma bouche. J'ai sucé fort une pointe rose pendant qu'Antonia s'écrasait sur ma bite dure, balançant ses hanches. Je l'ai glissé en elle tout en continuant à traiter ses mamelons avec une affection brutale.

"Oh mon Dieu, tu te sens tellement bien." J'ai changé de position, prenant son autre mamelon dans ma bouche. Ensuite, je nous ai retournés pour pouvoir avoir le contrôle. Je me suis retiré d'elle et je suis descendu entre ses jambes. Antonia s'est levée sur les coudes pour me regarder, avec un air intéressé. J'ai gardé les yeux sur elle pendant que je plongeais dans son monticule avec ma bouche.

"Oh, oh, mon Dieu, Jésus, Alex!"

Je m'éloignai et la retournai si vite qu'elle laissa échapper un soupir de surprise.

"Reste en position, vilaine fille." L'espace dans lequel nous nous trouvions était luxueux mais exigu. J'avais la pagaie prête si elle glissait, ce qu'elle a fait en m'appelant Alex en privé. J'ai sorti l'outil de sa cachette. En la repositionnant pour que ses fesses soient sur une pile d'oreillers et ses jambes écartées pour que je puisse observer son excitation, j'ai abaissé la pagaie. Ses fesses étaient encore roses suite à ses séances précédentes, mais bon sang, cette femme a-t-elle guéri rapidement car les bords relevés de la ceinture avaient déjà disparu.

Curieuse, j'ai demandé : « Comment te sens-tu avec la pagaie, mon petit morveux ?

« Dur, pénétrant. Un peu comme ta main, mais en plus solide, et la piqûre est pire.

J'ai frotté la tache rose vif au centre de sa joue. En prenant ma main en coupe, je l'ai giflée entre ses jambes. Elle a crié et a tenté de fermer ses jambes. J'ai descendu la pagaie sur l'arrière de sa cuisse.

"Aie! Papa, ça fait mal.

J'ai entendu la moue dans sa voix. Je devais la garder sur ses gardes, la surprendre avec ce que je ferais ensuite. J'ai atteint la jonction de ses cuisses et j'ai pincé le nœud durci caché dans ses plis soyeux.

"Ahh," cria-t-elle, remuant son derrière sexy pour tenter de se débarrasser de mon emprise sur elle.

J'ai continué à pincer pendant que j'abaissais la pagaie sur ses fesses. Elle a crié. J'ai établi un rythme régulier de coups sur son cul sexy et remuant pendant que j'utilisais mes doigts, comme des pinces, sur les lèvres de sa chatte boudeuse. En quelques secondes, elle pleurait et implorait grâce. J'ai été intrigué par la façon dont la délivrance de deux séries de sensations a franchi si rapidement son seuil de douleur. J'ai relâché ses lèvres et lui ai donné une fessée sur le clitoris pendant que je lui fessais le cul. Antonia a eu une libération épique, se déchaînant comme une banshee alors qu'elle se déchaînait. Ma punition prévue est devenue davantage une expérience érotique et j'ai été absorbé par toutes les différentes choses que je pouvais faire pour la faire jouir.

Antonia était affalée sur les oreillers. J'ai tendu la main et j'ai passé doucement mon doigt sur ses lèvres et son clitoris lubrifiés. Mes mouvements étaient lents et doux, comme si je caressais quelque chose de petit et de fragile.

En réponse, Antonia émit de petits gémissements, qui se transformèrent en supplications. Mais j'ai gardé mes traits si doux et si doux. Tandis qu'elle se perdait dans cette nouvelle sensation, j'abaissai la pagaie avec mon autre main. La libération d'Antonia fut ponctuée par un long grognement primal. J'en avais assez d'expérimenter ; J'avais besoin d'être en elle. Lâchant la pagaie, je la pénétrai avec un claquement de bassin. Elle a repoussé et je l'ai écartée largement, la prenant avec des coups profonds et punitifs.

"Qui est ton papa, Antonia?" J'ai ponctué mes mots de fortes poussées transperçant son ventre avec ma rage enragée.

« C'est vrai, Alexandre. Tu es mon papa, » répondit-elle, ses mots oscillant entre une série de grognements et de gémissements.

"C'est vrai, petite fille, maintenant viens sur la bite de papa." Antonia s'est déchaînée avec un hurlement de plaisir alors qu'elle serrait ma bite avec ses parois convulsantes. Alors que son jus recouvrait ma bite, je l'ai lâché, pompant au plus profond d'elle. J'étais étourdi et j'ai pris quelques respirations profondes. Quand je me suis retiré, je me suis roulé à côté d'elle et je l'ai serrée contre moi, repoussant les oreillers. J'ai senti son cœur battre contre ma poitrine, puis j'ai senti le mien battre au rythme du sien. Et je savais que c'était elle. Après seulement quelques heures, cette survivante courageuse et blessée avait mon cœur, et son personnage avait le caractère de mon papa qui m'inspirait comme personne d'autre.

"Papa."

"Oui, Antonia?"

«Je me sens différent. Et c'est un peu effrayant, mais c'est aussi plutôt sympa.

Je l'ai retournée pour que nous puissions nous regarder les visages. Ses yeux se sont fixés sur les miens au moment où elle a commencé à avancer. Elle cherchait des réponses, mais les mots ne suffisaient pas, pas pour elle, et ils ne le suffiraient jamais. Antonia était le genre de fille à qui il fallait donner la priorité, et je pouvais le faire. En fait, mon côté Daddy Dominant me l'exigeait, et il avait finalement trouvé la bonne personne.

« Chérie, c'est bien de se sentir différent, et c'est bien de faire confiance à ses sentiments. Je peux te dire à quel point je me soucie de toi en si peu de temps, mais je sais que tu ne me croiras pas. Elle avait l'air perplexe mais aussi agréablement surprise.

« Comment sais-tu ça à mon sujet ? Comment avez-vous réussi à voir ce que j'ai réussi à cacher à toutes les autres personnes ?

"Parce que, Antonia, je suis une Dominante qui voit clairement ce dont tu as besoin et cela me permet de savoir ce que tu veux, de baisser la garde et d'être heureuse."

Une seule larme coula sur sa joue, se dissolvant dans la couverture sous son visage. Je ne savais pas si c'était parce que je me sentais heureuse, triste ou simplement présente, mais cela n'avait pas d'importance. Antonia venait de devenir mienne.

Chapitre 7

Antonia

Je me sentais cinquante nuances de merde. Être avec un homme comme Alexander m'a fait tout remettre en question, y compris ma propre valeur. Combien de temps lui faudrait-il pour réaliser que j'étais corrompu et que je n'étais pas assez bien pour un homme comme lui ? Alex méritait bien plus que ce que je pourrais jamais lui offrir. Mais je savais qu'essayer de partager cela avec lui tomberait dans l'oreille d'un sourd. Il a vu quelque chose en moi, et je n'ai pas compris ce que c'était pour ma vie. J'ai gardé mes opinions pour moi et j'ai décidé de disparaître à un moment donné à Tahiti. Lâchez-le, libérez-le.

Ce dicton ridicule « si tu aimes quelque chose, libère-le s'il revient, c'est à toi, si ce n'est pas le cas, cela n'a jamais été » a chatouillé un souvenir de ma mère, qui adorait cette citation. Je ne l'ai jamais compris. Si vous le libérez, ne voulez-vous pas qu'il soit libre, qu'il s'envole de ses entraves ? D'après ce qu'il avait partagé jusqu'à présent, j'ai compris qu'Alex volait librement depuis un certain temps. Pourquoi le changer maintenant ? Et la meilleure question est : pourquoi changer cela pour une personne aussi indigne que moi ?

Lorsque nous avons atterri, Alex a été accueilli comme M. Savage par tous ceux que nous avons croisés. Et bien qu'ils aient utilisé son nom de famille en signe de déférence envers sa position, tous les visages étaient souriants et avaient des expressions chaleureuses. Alex était apprécié de tous, semble-t-il. Une voiture nous attendait pour nous conduire les quelques kilomètres jusqu'au Roi de Tahiti. L'une des nombreuses stations balnéaires appartenant au royaume sauvage.

Au lieu de s'installer dans une suite penthouse comme je l'avais supposé, Alex a attrapé une voiturette de golf et a conduit pendant quelques minutes jusqu'à une propriété adjacente avec un bungalow de la taille d'un manoir.

Nos bagages de notre suite dans l'avion étaient dans l'entrée lorsqu'il a ouvert la porte.

«Bienvenue chez Savage.»

Le hall en marbre présentait un vaste espace avec un mur de verre faisant face au front de mer et un plan d'étage ouvert avec de nombreuses magnifiques plantes tropicales en pot.

« Wow, c'est quelque chose. Je suppose que c'est votre résidence privée ?

"C'est vrai, et regarde ça." Il m'a pris la main et m'a attiré vers les fenêtres, appuyant sur un bouton d'un panneau caché derrière un store en rotin. Le mur de verre allant du sol au plafond commença à se plier et à reculer dans le mur. De quel genre de sorcellerie s'agissait-il ?

«J'adore quand toutes les vitres sont ouvertes et que je sens la brise océanique», a-t-il commenté alors que les panneaux continuaient à se rétracter complètement jusqu'à ce que rien ne sépare l'espace de vie du rez-de-chaussée de l'extérieur.

Je suis sorti sur le trottoir, admirant la vue spectaculaire et remarquant que nous étions à environ deux cents pieds du bord de l'océan. J'ai eu une mauvaise pensée et j'ai enlevé mes vêtements en une nanoseconde et je me suis mis à l'eau.

"Le dernier arrivé est un œuf pourri."

Je ne savais pas s'il existait des lois sur la nudité ou si sa plage était privée, et je m'en fichais. Soudain, la liberté n'était plus qu'à quelques pas. J'ai plongé dans l'eau et je me suis laissé entraîner un peu. Derrière moi, j'entendais Alex crier à propos des courants, mais j'étais trop plongé dans les sensations délivrées par le soleil et l'eau pour m'en foutre d'être en difficulté.

J'ai été poussé sur le dos par une énorme vague. Lorsqu'il s'est écrasé sur moi, j'ai eu l'impression qu'un million de tonnes de pression me poussaient vers le bas. Je ne l'avais pas vu venir et je m'étouffais avec l'eau de mer. Alors que la pression augmentait, je me levai faiblement pour respirer. Alors que je levais la tête hors de l'eau et inspirais, une autre vague m'a frappé. En donnant des coups de pied comme un fou pour remonter à la surface pour prendre de l'air, je sens une poignée d'acier s'enrouler autour de mon poignet et me tirer. Juste au moment où je pensais que mes poumons allaient exploser, nous avons traversé l'eau et j'ai pris de grandes gorgées d'oxygène dont j'avais tant besoin. Nous n'étions qu'à quelques mètres du rivage et j'étais retenu en toute sécurité dans les bras d'Alex. Il nous a emmenés à la plage, où nous nous sommes tous deux effondrés, épuisés. Mais Alex ne m'a jamais relâché, sa poigne de fer devenant douloureuse à mesure que la panique s'estompait.

«Aïe, tu me fais mal, papa. S'il vous plaît, lâchez prise. Je savais qu'il était en colère parce qu'il vibrait, et j'espérais que sa colère face à ma stupidité disparaîtrait en l'appelant papa. Il ne parla pas, mais son étreinte se relâcha légèrement.

«Je suis désolé, je n'avais aucune idée que cela arriverait. Est-ce cela que l'on entend par ressac ?

Il m'a finalement fait face et ce que j'ai vu sur son visage m'a fait honte de mes actes. Il n'était pas en colère ; il avait peur. Cela ressortait au regard hanté de ses yeux. Il me faisait flipper.

"Alex, Alex, hé." Je l'ai secoué un peu pour tenter de le réveiller de sa stupeur. "C'est bon, je vais bien, tu m'as sauvé."

Ses yeux vitreux clignèrent avant que la compréhension ne remplace la peur et le choc total d'il y a un instant.

« Bon sang, tu aurais pu mourir. A quoi étais tu en train de penser?"

Avant que je puisse répondre, il se leva et me reprit dans ses bras, libérant heureusement mon avant-bras de son emprise mortelle, et se dirigea d'un pas lourd vers la maison et directement sous la douche. Alex ne parlait pas et j'ai jugé prudent de ne pas commencer quelque chose auquel je ne pouvais pas répondre et j'ai plutôt choisi de garder la bouche fermée. Je restai immobile dans l'immense douche à l'italienne qui semblait taillée dans un tronc d'arbre pendant qu'il me baignait avec des savons qui sentaient la mangue et le gardénia.

Même si je savais que j'étais dans la merde, j'ai soupiré d'être si bien soigné. Je me suis penché en arrière pendant qu'Alex me nettoyait et me lavait les cheveux, ses mouvements légers et adroits. J'ai gémi à voix haute, lui permettant de voir à quel point il me faisait du bien. Chaque coin et recoin de moi était soigneusement nettoyé, et malgré l'épuisement de mes membres, je ne pouvais m'empêcher d'espérer que nous passerions directement du processus de nettoyage au processus sexuel et sauterions directement la punition qui allait inévitablement arriver. Alex m'a séché avec une serviette blanche moelleuse géante qui ressemblait à un nuage sur ma peau lorsque nous avons fini. Il a brossé mes longs cheveux devant le miroir, où une fois de plus, je me suis retrouvé captivé par nous alors que je le regardais me traiter comme une poupée de porcelaine. Aucun mot n'était prononcé, mais toute une conversation se déroulait avec notre langage corporel. Quand il eut fini, ses yeux trouvèrent les miens.

« J'accepte vos excuses, Antonia, mais j'ai l'intention de vous donner une leçon que vous n'oublierez jamais. Rappelez-vous cette leçon avant de décider que ne pas demander la permission avant de faire quelque chose de nouveau est un choix judicieux. Je te l'ai déjà dit, c'est moi qui dirige le spectacle. Si vous voulez nager, vous pouvez aller à la piscine. Ou bien, vous pouvez me demander quel est le meilleur moment de la journée pour nager dans l'océan en fonction des marées. Ne vous enfuyez plus tant que vous ne connaissez pas cette île et ses dangers.

J'ai traité ses paroles. Je savais qu'il ne me ferait jamais vraiment de mal, mais il y avait de nombreuses façons de punir une femme errante, comme il l'avait déjà dit à plusieurs reprises.

"Je comprends."

"Suis-moi." Alex portait une serviette autour de la taille, mais j'étais nue et j'espérais qu'il n'y avait pas de serviteurs qui rôdaient dans les environs. Par une porte située de l'autre côté de la salle de bain se trouvait une grande chambre avec un lit sculpté à la main au centre de la pièce. Je pouvais voir que le soleil avait parcouru le ciel, se déplaçant régulièrement vers le coucher du soleil et la nuit. Mais ce qui a retenu toute mon attention, c'est un meuble assez étrange dans un coin de la pièce. Une sorte de siège composé de trois grands ensembles de huit en plexiglas qui semblaient robustes. Entre les grands huit se trouvait un espace vide.

"Qu'est-ce que c'est ?"

« Vous verrez, » dit-il d'un ton menaçant.

Il m'a guidé sur la chaise étrange, mes cuisses à cheval sur la série de huit du milieu tandis que mes coudes reposaient sur le groupe avant et, comme prévu, mes fesses étaient sur les deux derniers. La position exigeait que mes jambes soient écartées, mais pas au point que je sois inconfortable. Il a attrapé une corde blanche et soyeuse et a d'abord attaché mes cuisses, puis mes avant-bras. Je n'avais pas d'autre choix que de me pencher en avant avec mon entrée arrière bien visible.

Je me sentais vulnérable mais je n'avais pas peur car Alex ne me ferait jamais de mal. Je sais que c'était beaucoup de foi pour quelqu'un à qui on avait constamment menti et utilisé. Mais alors pourquoi ne pas me livrer à l'aéroport comme voleur, ou m'acheter une garde-robe, et il m'avait sauvé de la noyade, et non les actions d'un homme qui avait de mauvaises intentions à mon égard. Alors oui, j'étais calme avec mon anus bien exposé pour ses yeux uniquement.

Alex avait un étrange appareil face à un miroir, me permettant de me voir ligoté comme un cochon lors du luau de l'île que je croyais qu'ils tenaient ici.

J'ai regardé Alex récupérer quelque chose dans un tiroir à côté du lit, et un instant plus tard, j'ai senti quelque chose de froid au niveau de mon ouverture anale plissée et j'ai réalisé en frottant que ce devait être de la lubrification. Il a glissé sous moi une machine à laquelle était attachée une bite.

"Que se passe-t-il ?"

Alex a aligné la machine et l'a allumée. Si je baissais la tête suffisamment bas, je pouvais voir le faux coq monter. Je me suis tendu, attendant qu'il pénètre dans mon pauvre anus, mais au lieu de cela, la bite est à peine entrée dans ma chatte. Ce n'était pas assez profond pour procurer une quelconque satisfaction, car la tête entrait à peine puis disparaissait. C'était vraiment énervant ! Puis il est parti et est revenu avec un petit sac. J'ai senti quelque chose pousser les bords de mon cul s'ouvrir et j'ai tenté de serrer mes joues l'une contre l'autre en réponse.

Alex rigola alors que je menais une bataille perdue d'avance et sentais quelque chose de gros pénétrer complètement et s'asseoir au fond de mon cul. Il est reparti, cette fois en revenant avec la brosse en bois antique, la même que celle qu'il avait utilisée sur mes cheveux, quelques minutes plus tôt.

Il l'a fait descendre au moment où le bout du gode se pressait contre mon ouverture.

"Vingt coups, et alors la chaleur que vous ressentez à l'extérieur sera à l'intérieur."

Je ne savais pas ce qu'il voulait dire par là, mais étant courbé comme j'étais, la peau de mon derrière était tendue et la piqûre de la brosse était presque insupportable. Quand les coups ont pris fin, les larmes coulaient de mes yeux. Pourtant, j'étais tellement excité et frustré par la bite à peine là à mon ouverture en pleurs.

Puis j'ai ressenti une nouvelle sensation dans mon cul. Alex a remplacé le premier objet par quelque chose qui offrait une chaleur agréable au début, mais qui s'est rapidement transformé en une chaleur élevée alors qu'Alex déplaçait lentement l'objet vers l'intérieur et l'extérieur pendant plusieurs mouvements. Maintenant, mon cul était plein, mon vajayjay douloureusement vide et mes fesses palpitaient à cause de la brosse.

Puis la bouffée de chaleur s'est intensifiée et j'avais l'impression d'être en feu à l'intérieur. J'ai poussé un cri de choc. Mes yeux se sont levés vers le miroir et j'ai trouvé Alex qui me regardait avec ses yeux étincelants, presque noirs. Il se tenait derrière moi, déplaçant cette maudite chose brûlante dans et hors de mes fesses, sachant très bien l'effet que cela produisait. Je transpirais partout alors que la chaleur m'envahissait.

"Qu'est-ce que c'est ?" J'ai haleté.

"Galanga," répondit Alex. "Il est un peu plus poivré que le type de gingembre que vous utiliseriez aux États-Unis."

"Gingembre ! Mon cul, c'est le désert du Sahara à son apogée », ai-je crié, puis j'ai lancé une série de jurons qui auraient fait rougir la plupart des gens. Mais les yeux d'Alex devenaient encore plus sombres si c'était possible.

"Tu vois, ma bratty girl, le gingembre va te construire et te brûler si violemment que tu me supplieras de te baiser. Tandis que la bite qui devrait vous baiser ne fera que provoquer de la frustration. La seule question maintenant est combien de temps vais-je te laisser ici ?

Il allait me laisser ici, attaché et souffrant ? Non !

"Alexander Savage, n'ose pas me laisser comme ça."

Ses yeux brillaient dangereusement. "Je vais te laisser ici comme ça, et tu apprendras ta place." Il tourna les talons et quitta la pièce en fermant la porte derrière lui.

"Bâtard !" J'ai crié à la porte fermée.

Je ne sais pas combien de temps s'est écoulé pendant que mon état émotionnel oscillait d'un extrême à l'autre, voulant tuer Alex et voulant m'agenouiller à ses pieds et lui sucer la bite. Mais je savais quand il revenait, non pas parce que je l'avais entendu ou vu, mais parce que je l'avais senti. Sa présence était indéniable.

Puis il est apparu derrière moi et m'a caressé doucement les fesses. Je l'ai regardé dans le miroir avec des yeux affamés. Il a soutenu mon regard avec un regard illisible. Mes cuisses étaient recouvertes de mon jus et je savais que le sol était également humide sous moi.

"Je jure sur ma vie si tu ne me baises pas, je perdrai ma merde, et quand tu me libéreras enfin, et tu le feras, je sortirai d'ici, pour ne plus jamais être revu!"

"Je vois que votre temps libre n'a rien fait pour améliorer votre attitude."

La pression rythmée du gode contre mes lèvres gonflées avait créé une douleur si profonde que j'aurais promis d'emmener quelqu'un sur la lune s'il me laissait venir. Alex brandit une pagaie transparente percée de trous. Puis il l'a abaissé et m'a frotté les fesses avec, et c'était frais contre ma peau chauffée. C'est jusqu'à ce qu'il le soulève et le pose au centre des deux joues. J'ai crié de surprise, serrant mes fesses l'une contre l'autre. « De quel nouvel enfer s'agit-il ? »

Alex laissa échapper un petit rire réticent. "Ça, mon petit gosse, s'appelle Lexan, et même s'il ne laisse généralement pas une impression durable, il a une sacrée piqûre, n'est-ce pas ?" Il abaissa de nouveau la pagaie. "Tu vois, Antonia, tu n'as pas encore appris ta leçon et tu as besoin de plus d'encouragements." Il a saisi le galanga et, alors qu'il le déplaçait dans et hors de mon pauvre derrière brûlant, il a réactivé la libération du jus, ne laissant à mes pauvres joues aucune autre alternative que de se serrer contre l'assaut, ce qui a aggravé la situation.

Alex a arrêté de déplacer la racine et a redescendu la pagaie. Ensuite, il s'est arrêté et a frotté mon derrière brûlant. Puis il a répété la scène en baisant mon trou arrière avec la racine, en me donnant plusieurs fessées avec le Lexan et en frottant mes fesses brûlantes.

Une nouvelle brûlure a commencé à se développer en moi alors que je me concentrais sur les sensations plutôt que sur les émotions qu'elles provoquaient. Lorsque la série suivante a commencé et que le Lexan a atterri sur mon dos douloureux, je l'ai absorbé, disséquant chaque étape de la brûlure et de la piqûre causées par la pagaie, ainsi que par ma pression et mes spasmes.

J'avais perdu le compte du nombre de tours qu'Alex m'avait fait faire quand mon corps s'est soudainement effondré. Si les cordes ne m'avaient pas retenu en place, je n'avais aucun doute que je serais tombé de cette putain de chaise. Le gode bougeait toujours lentement sous moi et était maintenant capable de pénétrer dans mes lèvres inférieures et d'entrer d'un pouce ou deux à l'intérieur. Avec cette découverte, je me suis permis d'être aussi lâche qu'un ragdoll. Au lieu de se sentir torturées, les sensations se sont transformées en quelque chose de divin. Je flottais sur un nuage de bonheur, même si je n'avais pas encore eu de libération. C'était le plus fascinant de tous. Que je pouvais me sentir si bien sans orgasme.

Alex a arrêté ses répétitions et a retiré la racine de mes fesses, puis il a frotté ma peau de manière apaisante avec du gel frais. Je gémissais à quel point c'était bon et je m'émerveillais de la sensibilité de l'anus. Puis il a glissé son doigt et a commencé à me baiser lentement. En dessous, il a changé l'angle ou quelque chose du genre du gode parce que je recevais maintenant une pénétration complète. C'était choquant après avoir été taquiné pendant si longtemps.

« Reste calme, Antonia ; il est temps de passer à la dernière étape de votre punition. Il a frotté plus de gel dans et autour de mon trou arrière, puis j'ai senti la tête de sa queue.

J'avais l'impression de me réveiller d'un rêve mais toujours si somnolent que j'ai seulement remarqué ce qu'il faisait mais je n'ai eu aucune réaction lorsqu'il s'est frayé un chemin à l'intérieur. Lorsqu'il s'est complètement assis à l'intérieur, la machine sous moi a accéléré le rythme, et avec le premier poussée des deux bites que j'ai déchaînées.

Jeté de la falaise, j'ai eu des visions, des aigles volant et des baleines bondissant et s'écrasant, et à travers tout cela, le rythme a continué à me projeter loin à chaque fois jusqu'à ce que je ne fasse plus qu'un avec tout. Les baleines n'étaient plus des images, pas plus que les oiseaux, mais j'étais avec elles, montant et descendant, sautant et s'écrasant. J'étais une chose organique de la nature, pas une femme attachée à un putain de banc en train de recevoir la meilleure baise de sa vie. La libération d'Alex a déclenché une autre de mes propres libérations. Nos orgasmes mutuels semblaient être une connexion profonde qui m'a fait pleurer devant l'ampleur des émotions que je ressentais alors que je devais flotter vers une douce mer agitée qui me tenait dans ses bras.

Alex se retira lentement et éteignit la machine. Il m'a soigneusement détaché pour ne pas me laisser tomber puis m'a porté jusqu'au lit. Il m'a doucement essuyé et a frotté mes avant-bras, mes chevilles et mes cuisses là où se trouvaient les cordes. Je me suis allongé sur le dos, les yeux à peine ouverts. Je flottais toujours sur un nuage et je n'avais pas l'intention d'en descendre.

J'avais du mal à m'endormir et j'ai dû dire à Alex ce que je ressentais avant de le faire. "Je t'aime. Merci pour ça; ce fut un incroyable voyage vers la liberté. J'ai capté son air surpris et j'ai réussi à sourire paresseusement avant de m'endormir.

La prochaine fois que j'ai ouvert les yeux, j'ai vu Alex portant un plateau rempli de nourriture pour le petit-déjeuner. Avec beaucoup d'effort, j'ai réussi à me mettre en position assise. "Est-ce que j'ai dormi toute la nuit?"

« Tu as dormi comme un mort. Je voulais te nourrir avant de devoir aller un peu au bureau. Et passez en revue les règles. Alex a placé le plateau sur le lit, a fourré des oreillers derrière moi pour un soutien supplémentaire et a posé le plateau sur mes genoux.

Je lui ai souri avec gratitude et j'ai pris le café. "Mmm, ça sent vraiment bon." J'ai pris une gorgée. "C'est délicieux; quel genre de café est-ce ?

«C'est local, Paradise Island est cultivé et fabriqué ici. Si vous êtes intéressé, c'est très proche et je peux organiser une visite pour vous.

"Vraiment, j'adorerais ça, merci." J'ai pris quelques gorgées supplémentaires, puis j'ai plongé dans mon pain perdu et mes œufs. "Sérieusement? Le meilleur pain perdu de tous les temps ! Est-ce une cuisine d'hôtel ou une magie locale comme le café ?

Alex a ri de mon enthousiasme. « Eh bien, si vous voulez le savoir, c'est un mélange de notre propre vanille locale et d'une importation d'Égypte. C'est un tonique noble.

"C'est sûr," répondis-je la bouche pleine.

Alex laissa échapper un rire bruyant qui faisait couler des larmes sur ses joues. "Je suis sûr que vous trouvez cela noble, mais la marque s'appelle Noble tonic."

"Oh je vois." Je posai ma fourchette, gêné. "Et je suppose que vous pouvez me faire visiter l'usine, tout comme le café ?"

"Je peux", dit-il en se séchant le visage. «Je m'associe à des entreprises locales et je les aide à se développer. Les deux produits sont nouveaux pour moi et j'envisageais de les utiliser dans mes chaînes et dans la compagnie aérienne.

« Vous êtes comme un Shark Tank ordinaire. C'est une bonne idée."

"Aquarium à requins? Qu'est-ce que cela signifie?"

"Sérieusement, vous n'avez jamais entendu parler de cette émission, Shark Tank, où des gens ayant des idées commerciales ou des inventions postulent pour être invités et présentent leur idée dans l'espoir d'obtenir un soutien ?"

Il secoua la tête.

« Ce soir, quand tu rentreras à la maison, que dirais-tu de manger de la pizza et de la regarder. Vous allez l'adorer, je le promets. Je regarde aussi la version canadienne, Dragons Den. Mais Shark Tank est mon préféré absolu.

Alex m'a étudié avec curiosité. "Puis-je vous demander quelque chose?"

"Bien sûr," répondis-je en mettant ma dernière bouchée de nourriture dans ma bouche.

"Quand tu étais petite, que voulais-tu faire quand tu serais grande ?"

J'ai ri. "Vraiment, c'est ce que tu veux savoir?"

Ses yeux se sont plissés et j'ai reconnu les signes avant-coureurs. « Je n'avais pas de rêve comme la plupart des enfants, mais j'ai commencé à faire des trucs avec mon père quand j'ai atteint l'âge de douze ans. Euh, les affaires, et j'aimais travailler avec de l'argent. Croyez-le ou non, j'ai une bonne idée des chiffres, et les bénéfices nets sont comme des préliminaires ; Je l'aime!"

"Je ne pensais pas que c'était possible", dit-il d'une voix qui avait baissé d'une octave, me faisant frissonner.

"Qu'est-ce qui n'est pas possible ?" Ai-je demandé d'une voix haletante.

« Pour que tu sois plus parfait. Plus j'en apprends sur toi, Antonia, plus je suis attiré par toi.

Une envie de déplacer l'ambiance vers quelque chose de plus ludique m'a frappé alors que je me tortillais sous les couvertures.

"Tu te souviens juste de ça la prochaine fois que tu voudras me punir."

Il sourit mais ne dit rien. « Je suis de retour aujourd'hui à seize heures. Souhaitez-vous que je prépare quelque chose pour vous, ou préférez-vous explorer votre environnement aujourd'hui ? »

"Je préférerais t'attendre, papa." Ses yeux s'assombrirent et je savais que sa queue était dure.

Puis son regard se durcit. « Dans ce cas, je veux que vous restiez sur la propriété, qui comprend l'hôtel et le spa. J'ai déjà fait savoir au personnel de vous donner tout ce que vous demandez. Vous pouvez nager dans les piscines, vous faire une manucure, faire du shopping. Quoi que vous souhaitiez, mais je vous attends de retour à 16h00 et vous ne quitterez pas la propriété. Est-ce que tu comprends?"

J'ai hoché la tête.

"Des mots, Antonia," grogna-t-il.

"Oui Monsieur."

"Bonne fille. Voici votre nouveau téléphone portable avec mon numéro déjà programmé. L'autre numéro est destiné à la sécurité et vous l'utiliserez si quelque chose vous dérange ou si vous vous sentez en danger. Un de mes hommes sera là dans moins d'une minute.

"Alors, pourrais-je appeler la sécurité la prochaine fois que tu vas me punir ?" J'ai plaisanté.

"Antonia," grogna-t-il encore. "Ma paume a hâte de te donner une fessée. Et je ne vous refuserais pas le plaisir que vous ressentez lorsqu'on vous réprimande, jeune fille.

Mes parties féminines se sont serrées. J'ai écarté le plateau et j'ai rampé vers lui, lui lançant mon meilleur regard de biche.

"Tu es insatiable, mais je ne voudrais pas te laisser désireux." Alex m'a tiré sur ses genoux si vite que j'ai haleté, me précipitant pour attraper quelque chose avant de toucher le sol, mais je ne courais aucun danger.

Alex a baissé sa main avec une telle force que j'ai été poussé en avant sur ses genoux et suspendu de manière précaire pendant qu'il me donnait une fessée une douzaine de fois de plus, puis qu'il atteignait entre mes jambes. Bien sûr, je me trempais pour lui. Il m'a fait descendre de ses genoux et m'a mis sur le lit à quatre pattes, écartant mes cuisses aussi loin que possible, mes hanches suspendues à quelques centimètres dans les airs quand il a enfoncé sa grosse bite dure à l'intérieur de moi, l'enfouissant jusqu'au fond. poignée.

"Oui," sifflai-je, "baise-moi, papa, s'il te plaît." Et il a obéi, saisissant mes hanches et me baisant sans pitié. Sa longueur a touché mon ventre et son épaisseur a gratté mes parois avec une telle intensité que j'ai eu un orgasme en quelques secondes. Je n'ai pas rendu la pareille à ses actions en poussant les hanches ; au lieu de cela, il lui a permis de me prendre comme il le souhaitait, et il m'a bien pris. Quand il est venu, moi aussi. Comme hier, son sperme chaud m'a envoyé dans une spirale d'extase et au bord de l'oubli.

En se retirant, il a remonté son pantalon et m'a donné une forte claque sur le cul. J'ai crié et je suis tombé en avant sur le lit, et il a ri.

"Papa te dit adieu." Et avec ça, il était parti.

Je m'allongeais sur le lit en riant à ses paroles de départ. Je me suis retourné et j'ai regardé le plafond, me demandant ce que je devrais faire de ma journée. Qu'est-ce que je voulais faire ? La piscine avait l'air amusante. Alors, je me suis levé, j'ai enfilé le maillot de bain, le paréo et les tongs de l'aéroport, et j'ai attrapé mon nouveau téléphone et ma crème solaire.

Quand j'ai atteint la porte, j'ai réalisé qu'il fallait une entrée codée et je ne savais pas ce que c'était. Mon nouveau téléphone a sonné. J'ai lu mon premier texte d'Alex.

Le clavier a besoin du code pour entrer et sortir. Vous appuyez sur 251290#.

J'ai répondu, merci papa. J'ai entré le code et, à l'aide de Google Maps, j'ai trouvé le chemin menant à l'hôtel. En me dirigeant vers la piscine, mon regard a été attiré par une robe dans l'une des vitrines. Il faisait si chaud et je savais qu'Alex adorerait ça sur moi. Je l'ai regardé depuis la fenêtre, imaginant sa réaction en me voyant dans la robe de cocktail rouge ajustée, presque transparente.

Je suis entré mais je n'ai pas trouvé ma taille. Une femme sortit par derrière, une belle Tahitienne vêtue de soie blanche. Elle était magnifique et je me suis soudain senti timide et déplacé. Mais au lieu de me regarder comme si j'étais une poubelle, elle m'a fait un grand sourire et j'ai remarqué que ses dents étaient aussi blanches que son tailleur-pantalon. Elle offrait une ambiance amicale et je l'ai immédiatement appréciée.

"Bonjour, je m'appelle Simone et en quoi puis-je vous être utile ?"

"Antonia, je m'appelle Antonia."

« Oh, Antonia, je suis ravie de vous rencontrer. M. Savage a dit que vous pourriez venir aujourd'hui.

"Il a fait ?" Ai-je demandé, surpris.

Simone hocha la tête en souriant chaleureusement. « Maintenant, avez-vous vu ce petit numéro rouge dans la fenêtre ? Je pense que cela te irait parfaitement.

"Oui" - j'ai applaudi joyeusement - "Je l'ai fait, mais tu n'as pas ma taille."

"Bien sur que oui." Elle m'a conduit dans un vestiaire proportionné à mon ancienne chambre à la maison. « J'ai ajouté des chaussures et un sac de soirée ainsi qu'un châle. Parfois, il peut y avoir du vent la nuit », a déclaré Simone en désignant les différents objets.

J'ai hoché la tête bêtement. "Euh, d'accord, merci."

« De rien, chérie. Cherchez-vous autre chose ? »

"Eh bien, ouais, en fait, de la lingerie. Lingerie sexy si tu vois ce que je veux dire. Elle m'a souri comme si elle savait exactement ce que je voulais dire, et une heure plus tard, je suis partie, après avoir dépensé quelques milliers de dollars en lingerie et en robe rouge avec des talons et un sac à main assortis.

Tous les courses m'avaient donné faim, et une fois confortablement assis au bord de la piscine, j'ai commandé un déjeuner et un pichet de Sangria et je suis allé sur mon compte Kindle. Le relier à mon nouveau téléphone. J'ai commencé à lire un livre sensationnel sur la mafia intitulé His to Learn de Skylar West. Les heures ont passé, et quand mon téléphone a indiqué 15h30, j'ai sauté dans la piscine, j'ai fait quelques tours, puis j'ai attrapé mes affaires et je suis retourné à la maison.

J'ai adoré la légère étendue de jungle qui séparait la propriété principale de l'hôtel de la plage privée d'Alex. La promenade de cinq minutes était une expérience sensorielle, et je m'arrêtais souvent pour sentir des fleurs parfumées ou simplement observer un insecte inhabituel. N'étant jamais sorti de Détroit, j'avais beaucoup à regarder et à apprendre.

Quand je suis sorti de la jungle, j'ai trouvé Alex qui sortait de la maison, l'air très bouleversé. Ne voyant personne d'autre à proximité, j'ai crié : « Salut, papa.

Il jeta un coup d'œil dans ma direction, son soulagement évident par le soupir qui vida son corps de toute tension. Il a couru vers moi et m'a embrassé sur la joue.

"Êtes-vous d'accord? Vous avez l'air plutôt alarmé », ai-je demandé.

«Je dois installer des caméras sur ce tronçon. Je savais que tu avais quitté l'hôtel il y a quinze minutes, et ce n'est qu'à cinq minutes à pied.

« Oh, tu étais inquiet pour moi ? Désolé, je savais que j'étais à la maison à quatre heures et j'avais plus de temps pour sentir les fleurs et observer cet insecte fascinant qui croisait mon chemin.

Sa tension retombant, il m'interrogea sur ma journée. «Euh, papa, j'ai dépensé beaucoup d'argent dans l'un de tes magasins. Est-ce OK?"

Il sourit chaleureusement en ouvrant la porte d'entrée après avoir tapé le code. « Bien sûr que oui. Je te l'ai dit, achète ce que tu veux.

Il n'a pas compris ce que je demandais. J'étais gêné car je ne voulais pas augmenter la valeur, préférant la balayer sous le tapis avec tout ce que je trouvais accablant dans notre arrangement.

« Ce que je veux dire, c'est si c'était acceptable de dépenser autant pour ces articles. Comme si, euh, je n'aurais jamais imaginé que si peu puisse coûter autant. En parlant de mes achats, ils étaient dans une boîte rouge avec un gros nœud et un mot.

J'ai adoré te rencontrer aujourd'hui, Antonia, et j'espère que nous pourrons bientôt déjeuner. Cordialement, Simone.

« Aww, elle est si gentille. Je l'aime vraiment, papa.

Alex sourit avec indulgence. «C'est une femme charmante et elle sort avec mon ami Johnathan. Nous pourrions les rencontrer pour dîner un soir si tu veux ?

"Oui, s'il te plaît, j'aimerais beaucoup ça. Mais vous n'avez pas répondu à ma question.

« Je pense que ce que vous me demandez en réalité, c'est si je peux dépenser mon argent sans préjugés. Parce que mon chaton évalue sa valeur et a du mal à l'assimiler à mon style de vie opulent, n'est-ce pas ?

Il me connaissait si bien. "Oui, papa, c'est précisément ce que je demande."

« Oui, et permettez-moi de le dire pour la dernière fois. Tout signifie n'importe quoi ; Je me fiche du coût. Sommes-nous clairs maintenant ?

"Oui Monsieur."

« Bien, parce que la pizza sera là dans une heure. Et si on se nettoyait et que tu m'organises un petit défilé de mode. Je veux voir cette nouvelle lingerie que tu as achetée aujourd'hui.

"Dois-je ?" J'ai fait semblant de faire la moue. "Tout ce que je veux vraiment faire, c'est te sucer la bite sous la douche et enfiler un de tes t-shirts ensuite, s'il te plaît."

Alex rit. "C'est difficile de dire non à toi, petit morveux, tu le sais. Bien. Le dernier à l'étage est un œuf pourri.

Alex est parti avec la boîte pendant que je le poursuivais, mais avec ses longues jambes athlétiques, il montait trois marches à la fois. J'étais loin derrière alors que je courais aussi vite que mes courtes jambes le pouvaient, une à la fois.

Quand je suis arrivé, j'ai trouvé la boîte sur le lit et la douche coulait. J'ai souri en imaginant la douche que j'apprécierais avant le dîner et j'ai suivi la trace de vêtements masculins jusqu'à la salle de bain, rejoignant Alex sous la douche.

Chapitre 8

Alexandre

Quand Antonia m'a rejoint sous la douche, j'étais déjà en partie rigide en prévision de sa bouche pulpeuse s'enroulant autour de ma bite.

"J'ai hâte de vous rencontrer ici", dit-elle en entrant. "Je vois que mon apéritif est prêt à être inhalé."

L'étincelle de malice dans ses yeux a mis ma bite au garde-à-vous. Antonia s'est mise à genoux, la pomme de pluie l'a inondée d'eau et a aplati ses cheveux dorés finement tressés sur sa tête.

Elle m'a regardé avec un regard de pur désir et a dit: "Nourris-moi, papa."

J'ai gémi et j'ai posé ma main sur sa tête, guidant ma bite dans sa bouche consentante. Ma tête a basculé en arrière et mes genoux se sont relâchés alors qu'elle commençait par de longs et lents coups de langue de haut en bas avant de taquiner mon gland avec sa langue. Puis elle a commencé à descendre ma bite, à aller plus profondément jusqu'à ce qu'elle me fasse une gorge profonde, sa langue jouant avec ma base. À ce rythme-là, je lui soufflerais dans la bouche bien trop tôt. Antonia a semblé sentir à quel point j'étais proche et a reculé juste assez pour que je reprenne un peu de contrôle sur ma libido déchaînée.

Alors que je respirais, Antonia a saisi ma bite à la base et a appuyé jusqu'à ce que la tête soit dans sa gorge. Putain de merde, j'ai pensé à sa magie alors qu'elle venait d'accomplir ce qu'aucune autre femme n'avait jamais pu faire à cause de ma longueur. La chaleur m'a traversé et j'ai envoyé mon sperme dans sa gorge avec une telle intensité que j'ai perdu la trace de tout : l'heure, le lieu et même qui j'étais.

« Antonia, grognai-je, à ce rythme-là, tu vas me tuer. C'était la meilleure putain de pipe de ma vie.

"Fellation", dit-elle en me regardant innocemment. "Je pensais que c'était un cocktail, papa."

Je gémis alors que ses mots me submergeaient. J'étais définitivement le salaud le plus chanceux qui ait jamais marché sur terre. Je l'ai relevée et je l'ai assise sur le banc de douche. C'était à mon tour d'être à genoux pour lui faire plaisir. Et dès que ses jambes furent écartées, j'ai plongé. Franchissant ses lèvres gonflées avec ma langue, j'ai doucement gratté la chair sensible avec la barbe hérissée de mon menton. Antonia gémit et saisit ses mamelons, les tirant pendant que ma langue dansait à l'intérieur de sa gaine, envoyant de minuscules tremblements au plus profond d'elle. Il ne fallut pas longtemps avant qu'elle se cambre et pousse un dur gémissement alors qu'elle jaillissait sur mon visage. J'ai bu son jus et j'ai réussi à la faire tomber une fois de plus dans l'oubli. Quand nous sommes sortis de la douche, nous étions tous les deux prêts à nous détendre et à manger de la vraie nourriture, pas l'un l'autre.

"Voici le t-shirt que vous avez demandé." J'ai fouillé au bas de mes vêtements de sport et j'ai trouvé une vieille chemise ultra douce que je savais qu'elle adorerait avec quelques déchirures.

"C'est parfait", cria-t-elle en l'enfilant, cachant ses magnifiques seins. "As-tu aussi un caleçon?"

J'ai fouillé dans mon tiroir et j'en ai trouvé une paire. Elle les fit glisser sur ses jambes sexy et sur son cul généreux en forme de cœur. Putain, la regarder dans mes vêtements me faisait encore bander. J'ai enfilé un vieux pantalon de survêtement gris et je ne me souvenais pas de la dernière fois où je m'en étais rendu chez moi sans penser aux affaires.

Nous avons récupéré des assiettes, des serviettes et des bouteilles d'eau dans la cuisine et les avons emmenés dans la salle de cinéma. Ce n'était pas une salle de projection comme chez moi dans le Michigan, mais la salle était dotée d'un écran mural de 150 pouces à huit mille dollars avec son surround. En face, j'avais deux grands canapés et quelques poufs de rangement en cuir. J'ai sorti des couvertures et des oreillers et j'ai laissé Antonia les arranger comme elle le voulait pendant que j'allais nous chercher une bouteille de rouge et les pizzas qui venaient juste d'être livrées. Quand je suis revenu, ma copine avait tout arrangé et vibrait pratiquement d'enthousiasme.

"Je suis vraiment enthousiaste. Je sais que tu vas adorer ça et nous allons nous amuser tellement. Mon dernier téléviseur avait trois chaînes, un écran fissuré et mesurait environ vingt-deux pouces. C'est tellement gros ! Elle agita la main vers le grand écran.

"Je suis content que tu sois excité, et j'avoue que je n'ai rien regardé dans cette salle, donc c'est une première pour moi aussi."

Elle a tourné de grands yeux vers moi. « Vous plaisantez, comment se fait-il ? »

C'était une excellente question. Pourquoi en effet ? J'ai dû y réfléchir, et quand j'ai répondu, ce n'était qu'une vérité partielle.

« Je ne suis pas souvent ici et quand j'y suis, je travaille de longues heures. »

Elle avait l'air pensive, comme si elle pesait ma réponse.

"Eh bien, pas ce soir. Ce soir, nous regardons Shark Tank en frénésie, mangeons de la pizza et nous détendons. Es-tu prêt?"

"Je suis."

"Alors asseyez-vous et laissez-moi vous mettre à l'aise, papa."

Je l'ai laissée s'occuper de la couverture et des oreillers, puis elle m'a passé une assiette de pizza. Elle a posé un plateau à côté de moi avec notre eau, nos serviettes et nos verres de rouge. Puis elle s'est préparée pendant que je trouvais le spectacle qu'elle voulait voir.

Je dois admettre que les présentations étaient éclairantes. Malgré les soi-disant riches experts en affaires qui proposaient des accords, j'ai pensé à une douzaine de façons de rédiger différents partenariats et de travailler avec les entreprises qu'ils ont acceptées et celles qu'ils n'ont pas acceptées. Plus important encore, cela m'a incité à rechercher localement davantage de petites entreprises en difficulté proposant d'excellents produits avec lesquels je pourrais collaborer et soutenir.

Six épisodes et trois verres de vin plus tard, Antonia s'est endormie la tête sur mon épaule. Je me suis glissé plus bas et j'ai apprécié la sensation de son corps partiellement drapé sur le mien. J'ai deviné que c'était ce qu'on entendait par le terme bonheur familial – et j'ai aimé ça.

J'ai ouvert les yeux au petit matin, réalisant que nous nous sommes tous les deux endormis sur le canapé. J'ai mis la pizza au réfrigérateur, bouché la deuxième bouteille de vin, puis j'ai ramassé ma princesse et je l'ai portée au lit.

Mais une fois que nous étions rangés, le sommeil était insaisissable. Je me suis levé et j'ai regardé la mer par la fenêtre. La lune était pleine, projetant sa lumière argentée sur l'océan, une toile exquise que je ne me lasserais jamais de voir. J'ai quitté la pièce et je suis descendu à mon bureau. En ouvrant mon ordinateur portable, j'ai trouvé un e-mail d'un ami que j'avais au sein du FBI. Il avait joint une photo d'identité d'un homme qui aurait pu être attirant sans la longue cicatrice sur sa joue et le regard de mort dans ses yeux. C'était un mec effrayant. Mitch Markos, un exécuteur du cartel Sina, basé en Amérique latine.

L'attachement suivant était celui d'une Antonia beaucoup plus jeune, le visage battu en noir et bleu. Mon contact avait trouvé un moyen d'accéder à ses dossiers scellés. La troisième pièce jointe était une copie de la liste de surveillance du FBI sur laquelle figurait le nom de Markos. Une note d'accompagnement indiquait qu'il était considéré comme l'assassin de M. et Mme Richard Bloom.

Nous avions des problèmes ici, en Polynésie française, avec le trafic de drogue. Cela a commencé en 2014 mais s'est vraiment accéléré au cours des quatre dernières années. Le même cartel, Sina, transportait de la cocaïne dans les eaux internationales. J'avais besoin de plus de réponses quant au lien entre Antonia et le connard qui l'avait tabassée. Ce devait être ce personnage de Markos. Peut-être qu'il lui a trouvé une utilité après avoir tué ses parents ?

J'ai rapidement déposé une note et un transfert à mon contact, Buck, et j'ai éteint l'ordinateur. Une chose était sûre. Quand je découvrirais qui lui avait fait ça, je les ferais torturer avant qu'ils ne soient tués.

J'ai éteint la lumière et je suis retourné me coucher. Antonia avait enlevé les couvertures, alors je me suis installé derrière elle et elle s'est blottie contre moi avec un petit gémissement joyeux. J'ai remonté les couvertures et je l'ai serrée contre moi, pour finalement m'endormir juste au moment où la pièce s'éclairait avec l'aube imminente.

Chapitre 9

Antonia

Je me suis réveillé avec le soleil qui passait par la fenêtre et un bel homme profondément endormi se blottit derrière moi. Je ris doucement en retirant son bras protecteur autour de ma taille, m'émerveillant de ne pas l'avoir réveillé. Je me demandais s'il était resté éveillé après notre Shark Tankmarathon. La dernière chose dont je me souviens, c'est que Kevin a perdu contre Barbara dans une entreprise de soins de la peau biologiques et sans tests sur les animaux.

Toujours vêtu du même t-shirt, je suis descendu sans bruit pour préparer du café. C'était à mon tour de m'occuper d'Alex et de lui apporter un festin au lit. Mais ce sur quoi je ne comptais pas, c'était que les appareils de cuisine étaient archaïques. Ce n'est peut-être pas le bon mot, mais j'étais habitué à ce que tout soit électrique. La cuisine d'Alex était équipée d'une cuisinière à six feux et d'un four à double gaz. J'étais tellement paranoïaque quant au fonctionnement des veilleuses que j'ai finalement opté pour des fruits coupés avec du yaourt à l'avoine biologique et du café frais. J'étais un peu gêné de devoir chercher sur Google comment utiliser le fabricant, mais le produit fini avait l'air et sentait si bon que j'ai laissé tomber.

Je venais de placer le plateau sur la table de bout d'Alex lorsqu'un bras sortit et m'attrapa si vite que j'ai crié. Il a réussi à me tirer sur son corps et sur le lit.

Puis il m'a ramené à ma position d'origine, blotti contre lui. Ses yeux étaient fermés et on aurait pu le croire endormi sans le petit sourire présent sur son magnifique visage.

« Qui t'a dit de quitter ce nid douillet ? Je pense que je dois te rappeler qui a le contrôle, » grogna-t-il d'une voix sexy.

"Mais, papa" - je fais semblant de faire la moue - "Je t'ai apporté une friandise."

"Vous l'avez certainement fait", dit-il en me serrant la joue.

Je me tortillais sous son emprise ; même si sa pression était excitante, je voulais continuer à jouer un peu plus longtemps.

"S'il te plaît." J'ai fait la moue pour de vrai cette fois. "Je l'ai fait moi-même."

Il a ouvert un œil et quoi qu'il ait vu sur mon visage, il a relâché mes fesses et s'est mis en position assise.

« Le café sent délicieux », dit-il en prenant une gorgée. "Mes compliments, vous faites une excellente tasse de java."

J'ai rayonné du compliment et j'ai tapé dans mes mains, ce que j'ai fait beaucoup autour de lui. Mon innocence avait été interrompue et je me suis retrouvé à mettre en pratique certaines de mes habitudes du vivant de mes parents, et au lieu de me sentir stupide, j'ai permis à cela de faire partie de moi. Ce fut une étape énorme, me permettant de me livrer à nouveau à cette vulnérabilité après avoir manqué de confiance pendant si longtemps. D'une manière ou d'une autre, faire ce petit acte pour lui et être félicité était comme une musique à mes oreilles.

"Merci, papa," roucoulai-je en réponse. Il m'a tendu ma tasse et j'ai repoussé les oreillers contre la tête de lit et me suis penché en arrière, regardant la mer au-delà des fenêtres.

« Cela doit être le plus bel endroit sur terre. Je suis surpris que vous ne passiez pas plus de temps ici.

"Souhaitez-vous?" Il semblait me demander honnêtement si c'était ce que je voulais. "Tu sais, passer plus de temps ici?"

Je me sentais soudain incertain de moi et je me demandais s'il voulait dire avec lui ou seul. Et cela a suscité en moi une myriade d'indécision.

«Antonia, puis-je te demander, quand je t'ai vu à l'aéroport, tu avais un air désespéré à ton sujet. Comme si tu fuyais quelque chose ou quelqu'un. Voudriez-vous me dire qui ?

Merde, merde, merde. Que dois je dire? Je ne voulais pas qu'il sache la vie laide que je menais, sa version de moi-même grandissait en moi, et je ne voulais pas faire ou dire quoi que ce soit qui puisse la gâcher.

"Si cela peut aider, je connais Mitch Markos."

Ce nom, ce nom horrible que je détestais plus que tout, restait entre nous comme une vipère venimeuse prête à m'abattre et à m'emporter mon nouveau bonheur. Dans l'état actuel des choses, je me suis senti m'éloigner, revenir à la salope de glace qui m'a gardé en sécurité.

D'une voix que je n'ai pas reconnue, j'ai dit : « C'est mieux si nous n'en discutons pas. Plus sûr si vous ignorez cette personne en particulier. Il appartient au passé, un passé laid que je ne veux partager à voix haute avec personne.

J'ai paniqué et j'ai posé mon café, n'étant plus bercé par la vue de l'océan devant notre porte d'entrée. Sa porte d'entrée. J'étais anxieux et j'avais besoin de déménager. Je suis allé au walk-in et j'ai fouillé mes sacs d'aéroport et j'ai trouvé ce que je cherchais, des vêtements d'entraînement.

J'ai tout mis, arrachant les étiquettes au fur et à mesure, puis je suis allé aux toilettes pour me brosser les dents. Alex était toujours au lit quand je suis sorti, mais son langage corporel n'était plus détendu non plus. Il était prêt à bouger, et rapidement, à en juger par son apparence.

"Où pensez-vous aller, jeune femme?"

"Pour une course. Je dois courir, je reviens dans une heure. Et avant qu'Alex ait pu protester, j'ai emprunté le couloir jusqu'aux escaliers, désactivant l'alarme en un temps record et m'enfuyant par la porte d'entrée. J'ai décidé de courir sur le sable. Il était assez tôt et il n'y avait personne. En regardant le littoral, la plage se faufilait à travers la jungle et cela semblait être l'endroit idéal pour perdre la tête et retrouver mon âme ou simplement oublier pendant un moment.

J'ai réalisé que je n'avais pas de téléphone et je savais que cela énerverait Alex, mais je ne pouvais pas revenir en arrière avant d'avoir dissipé mon anxiété. Je ne me suis pas échauffé, j'ai juste commencé à courir sur la plage aussi vite que mes petites jambes le permettaient. Une demi-heure plus tard, ma vitesse a diminué et mon cœur battant a apprécié le rythme plus lent. J'ai couru jusqu'à ce que la jungle devienne trop épaisse pour continuer.

Je me suis retourné, souhaitant avoir de l'eau à boire. Quand j'ai senti que je pouvais, j'ai commencé le lent jogging en arrière, appréciant l'environnement que j'avais manqué lors de mon premier passage. C'était magnifique, époustouflant, mais je me souvenais de ce qu'Alex avait dit sur la connaissance de mon environnement. Je n'avais aucune idée de l'endroit où je me trouvais, pas de téléphone ni d'eau fraîche, et je n'étais pas passé devant une seule habitation.

Merde! Maintenant, qu'est ce que je fais? Je ralentis à nouveau, souhaitant diminuer ma sensation de soif. J'ai parcouru la flore et la faune denses, à la recherche d'un point de repère dont je me souvenais de mon rythme effréné plus tôt et souhaitant qu'Alex soit là. Pour la première fois, je me suis demandé quelle punition il allait m'infliger pour mon départ inconsidéré et pour avoir ignoré ma sécurité personnelle.

Vingt minutes plus tard, j'ai traversé la jungle et je suis retourné à la plage. J'ai poussé un soupir de soulagement quand, après encore une demi-heure, j'ai boité jusqu'à la porte d'entrée et j'ai utilisé le code pour entrer. Debout dans la cuisine, tenant une grande cuillère en bois, se trouvait Alex. Je m'arrêtai net, les yeux écarquillés.

"Je suppose que c'est pour moi?"

"Non, je prépare des spaghettis pour le déjeuner."

"Vraiment?" J'ai demandé.

« Non », fulminait-il, « pas vraiment ; maintenant, surmonte le tabouret, Antonia.

Je me suis penché sur le tabouret pendant qu'Alex baissait brutalement mon short et mes sous-vêtements en sueur. Avant que je puisse dire ou faire quoi que ce soit, sa main m'a poussé fermement sur le siège et j'ai saisi les jambes. La cuillère en bois est tombée sur mes fesses avec un bruit sourd. J'ai sifflé de douleur alors qu'Alex couvrait mes fesses et le haut de mes cuisses avec la cuillère. En tapotant mes orteils, j'ai essayé de danser et d'éloigner mes fesses de l'outil qui se balançait.

"Tu resteras en place, Antonia, ou je continuerai cette fessée toute la journée." Il m'a relâché et j'ai entendu le réfrigérateur s'ouvrir. Je n'osais pas bouger, mais j'étais aussi très secouée de ne pas voir ce qu'il recevait et j'ai prié pour que ce ne soit pas cette horrible racine. Alex s'est déplacé derrière moi et j'ai eu froid dans les fesses, une fraîcheur délicieuse et humide, et je savais qu'il me passait un glaçon sur les fesses. Il l'a déplacé entre mes joues et la fraîcheur dégoulinante m'a chatouillé.

Claque! La cuillère en bois est redescendue et j'ai crié de surprise et de douleur. J'ai rapidement décidé que c'était mon outil le moins préféré. Le cuir était sexy sur ma peau même s'il me faisait mal. Le Lexan provoquait une profonde sensation de brûlure et de picotement, mais c'était comme si on le martelait, sans rien céder. Il s'est arrêté et a passé un autre glaçon sur mon derrière brûlant, et c'était si bon que j'ai poussé un gémissement.

Un autre glaçon appuya sur le faisceau de nerfs au sommet de mon sexe. Je me tortillai, essayant d'échapper au gel. Alex l'a gardé là jusqu'à ce qu'il soit complètement fondu, puis il m'a donné une fessée sur le sexe. Au début, je ne ressentais presque rien car c'était légèrement gelé, mais alors que la chaleur remplaçait la fraîcheur, j'ai crié : « Bon sang !

La réponse d'Alex a été d'ajouter un autre glaçon et plus de fessée sur mon sexe. Puis il a ramassé la monstruosité en bois et a commencé à me donner une fessée, déjà douloureuse et fumante. Et c'est à ce moment-là que j'ai abandonné. Je m'accrochais mollement au tabouret, pleurant comme une petite fille. C'était la première fessée qu'il me donnait où les sensations étaient trop fortes pour que mon sexe coule en prévision d'un orgasme à venir. Je me sentais tellement désolé pour moi-même alors que je pleurais avec abandon.

«Je pense avoir été clair. Vous vous enfuyez à nouveau comme ça, et vous subirez cette torture particulière toute la journée au lieu de seulement une heure. Compris?"

"Oui, papa," criai-je à haute voix. Alex m'a aidé à me tenir debout sur des jambes bancales, puis il m'a soulevé et m'a porté à l'étage jusqu'à la douche. Il m'a donné un bain, m'a lavé les cheveux et a été très doux lorsqu'il a essuyé mes vilaines parties.

"Je veux que mon gosse bien réprimandé soit prêt à s'amuser ce soir." Il m'a mis au lit puis m'a apporté un déjeuner avec quelques bouteilles d'eau.

« Je suis désolé d'avoir été imprudent. Même moi, j'ai remis en question l'intelligence de partir sans mon téléphone ni mon eau. J'ai attrapé une bouteille et j'ai bu le tout.

« Maintenant que tu as eu le temps de réfléchir, Antonia, nous allons mettre fin à la discussion que tu as si grossièrement fui plus tôt. Je veux que vous sachiez que j'ai enquêté sur Mitch Markos et que je sais exactement qui et ce qu'il est. Ce que je ne sais pas, c'est qui il est pour toi.

J'ai senti le regard d'Alex sur moi pendant que je prenais une bouchée hésitante de mon déjeuner. J'ai eu du mal à tout lui dire. « Mon père était un homme d'affaires local. Lorsque notre entreprise a connu des moments difficiles, Mitch Markos a proposé un prêt à mon père. Ce que nous ne savions pas à l'époque, c'est que Markos était un criminel, un trafiquant de drogue et d'armes pour le cartel et qu'il cherchait à se développer. Il envahissait notre quartier et, comme la demande de prêt de mon père avait été refusée par notre banque, il a accepté l'offre de Markos. Malheureusement, nous n'avons pas compris qu'un prêt de Markos était censé être une condamnation à perpétuité. » J'ai retiré mon plateau de mes genoux, ne pouvant plus manger, mais j'ai bu une deuxième bouteille d'eau.

« Mes parents ont été tués devant moi et avant que leurs corps n'aient eu le temps de se refroidir, j'étais dans un bus pour Windsor, en Ontario, avec une valise de drogue. Quand je suis revenu, il m'attendait avec son paiement. J'ai alors essayé de courir, mais il m'a rattrapé et m'a battu à un pouce de ma vie. C'est du moins ce que l'on ressentait à l'époque. Une fois guéri, j'ai été envoyé dans un autre voyage, puis dans un autre. Quand j'ai finalement réussi à m'enfuir, je pensais avoir fait plus d'une centaine de voyages.

Je me suis penché en arrière, le mettant au défi de m'accepter maintenant. J'étais à nouveau elle, mon ancien moi prêt au combat, attendant qu'il me largue le cul et que je retourne dans la rue. « Si je voulais manger, je devais voler ; c'est ainsi que j'ai pris votre billet sans que ces deux agents de bord n'en soient pas au courant. Quand vous avez faim, vous devenez doué pour soulever votre portefeuille. Je savais que mes yeux brillaient comme du verre alors que je canalisais toute ma méchante salope dans l'instant présent. Il devait voir que cela faisait partie de qui j'étais et que je serais toujours. Ce n'est pas moi qui m'ai fait, ce sont les circonstances qui m'ont fait, et je ne m'excuserais pas auprès de lui ou de qui que ce soit.

Nous nous regardâmes tranquillement et, à son honneur, son regard n'était pas celui de la pitié ; c'était plutôt de la fierté.

« J'ai entendu parler du décès prématuré de vos parents dans les journaux et je me suis toujours demandé ce qui était arrivé à leur magnifique fille. Où est-elle allée, et quand je t'ai vu à l'aéroport, je ne t'ai pas reconnu, mais j'ai reconnu le regard dans tes yeux.

"Oh?" Dis-je avec arrogance. "Et qu'est-ce que c'était exactement ?"

« Désespoir et force. Je pensais que tu étais la plus belle femme que j'aie jamais vue. Ne pense pas que ton admission me fasse moins penser à toi, âme courageuse. Je n'ai que du respect pour toi, Antonia.

Dire que j'ai été surpris serait un euphémisme. Ses aveux m'ont volé mon alter ego et mon dur à cuire a reculé, me laissant épuisé.

"Je suis prêt pour cette sieste maintenant."

Alex se leva et souleva le plateau.

Le voir s'éloigner m'a fait quelque chose et j'ai crié. «Alex, attends. S'il vous plaît, ne me quittez pas. J'ai besoin de toi." Quoi qu'il ait vu en se retournant, je ne pouvais que le deviner, mais cela lui suffisait pour déposer le plateau et revenir.

Il est monté à côté de moi et m'a serré fort.

Avec ses bras forts enroulés autour de moi, je me sentais à nouveau en sécurité et, tout en m'endormant, j'enfilai mes doigts avec les siens.

"En réponse à votre question précédente, si rester ici signifie être avec vous, alors ma réponse est oui." Je fermai les yeux et m'endormis.

Chapitre 10

Alexandre

J'ai tenu mon paradoxe près de mon corps, savourant la dualité des muscles forts qui se trouvent sous sa peau douce et soyeuse. Mes pires soupçons se sont confirmés. Elle avait été emmenée par le cartel et forcée de travailler pour eux. Je savais qu'ils la chercheraient, car personne ne pouvait échapper au cartel de Sina, du moins pas sans être dans un sac mortuaire.

Je tenais Antonia dans mes bras de manière protectrice, jouant sur une myriade de solutions et me demandant laquelle je pourrais vivre. Offrir de l'argent au cartel équivaudrait à ouvrir une boîte de Pandore qui entraînerait ma mort et la sienne.

Nous pourrions faire comme si elle était morte et publier une nécrologie, organiser de faux funérailles, puis la déplacer sur une île isolée où elle pourrait vivre en sécurité. Je savais déjà que ça ne marcherait pas avec ma copine. Antonia était trop agitée pour se cacher.

Puis je me suis demandé si j'avais quelque chose que nous pourrions échanger. Dans tous les domaines, sans plus rien à négocier. Si vous lui coupez la tête, le problème avec un serpent est que deux autres poussent à sa place. Ce que vous deviez faire, c'est leur donner quelque chose et leur donner le sentiment d'être le gagnant. Cela demanderait réflexion. J'avais besoin d'une monnaie d'échange appropriée, d'un pot-de-vin ou de saletés sur leur opération... puis cela m'est venu à l'esprit. J'ai été stupéfait par la simplicité de tout cela.

Souriant aux projets que j'allais mettre en œuvre, je me levai silencieusement du lit et me dirigeai vers mon bureau sur la pointe des pieds. J'avais besoin de joindre mon contact au FBI et mon avocat. Il rédigeait les documents juridiques pour m'aider à vendre mon dossier au nouveau chef de la famille criminelle Sina, Izzy Zamaya. Son père était récemment allé en prison et il avait pris les rênes du vieil homme.

Lui proposer de nettoyer le passé pour un avenir meilleur et plus radieux était mon point de vue. C'était du moins ma théorie de travail, mais cela pourrait changer une fois que nous aurons toutes les pièces dont nous avions besoin. J'ai envoyé un e-mail à Buck avec mon idée ainsi qu'à mon avocat, Harvey Wetzler.

J'ai fermé l'ordinateur portable et envoyé un message à Johnathan.

Toujours partant pour ce soir ?

La réponse fut presque immédiate.

Devrait être.

Devrait être? Qu'est-ce que ça voulait dire ?

?? Je suis confus.

Simone a été méchante. Sa leçon pourrait l'empêcher de s'asseoir au restaurant.

J'ai ri et j'ai pensé que nos dames étaient deux pois dans une cosse.

Cela ne fera-t-il pas partie de la discipline de ressentir votre mécontentement pendant qu'elle mange ?

Johnathan a renvoyé plusieurs visages rieurs. Bon point. Rendez-vous à 19 heures.

Je souriais en imaginant notre dîner plus tard dans la soirée lorsque j'ai reçu une alerte par e-mail. L'ouvrir. J'ai découvert que c'était de Harvey.

C'est un timing impeccable, Alex. La succursale de Détroit est en ruine maintenant, et je suis sûr qu'Izzy aimerait avoir une excuse pour faire le ménage. J'ai contacté Buck et nous élaborons un plan. Vous recevrez une réponse lorsque nous en aurons plus.

J'avais oublié que Buck et Harvey se connaissaient. Cela faisait un moment depuis la mort de mes parents lorsque je les ai présentés. Je pensais toujours qu'il s'agissait d'un meurtre, mais je n'ai pas pu prouver que le matériel défectueux n'était pas à blâmer. Il y a presque sept ans, mes parents ont pris un vol privé pour une deuxième lune de miel. L'avion a explosé et la décompression explosive en était la cause. Mais jamais dans notre histoire en tant qu'entreprise, cela ne s'était produit avant ou depuis. Je savais que ce n'était pas un accident.

Je n'y avais pas pensé depuis un moment. À vrai dire, j'étais engourdi depuis longtemps. Puis, Antonia, le Spitfire est entré dans ma vie, et comme un vent arrière, j'ai été propulsé hors de mon état de sommeil.

J'ai vérifié mon téléphone. Cela faisait une heure qu'Antonia ne s'était pas endormie. Je suis retourné dans notre chambre avec une autre bouteille d'eau à temps pour la voir se retourner et s'asseoir.

"Bonjour, somnolent, comment te sens-tu?" Elle bâilla et s'étira, prenant la bouteille d'eau que je lui tendais des mains.

"Mieux, merci, papa," dit-elle d'une voix rauque, le mot papa faisant monter ma bite au garde-à-vous. « Tu as dit que nous avions des projets pour ce soir. Qu'est-ce que nous faisons?"

Je me suis assis sur le lit et je l'ai tirée sur mes genoux. Antonia était une petite femme et donnait presque l'impression d'avoir été prématurément arrêtée dans sa croissance. Peut-être que les effets de la perte de ses parents et du fait d'avoir été mise au travail si jeune ont affecté son développement. Elle était belle avec un cul magnifique et une paire de seins de bonne taille, mais elle mesurait peut-être cinq pieds un mètre, et sans sa silhouette voluptueuse, elle ressemblerait à une enfant.

« Nous rejoignons Johnathan et Simone pour un dîner et un verre ; Comment ça sonne?"

"Très sympa", dit-elle. «J'aime vraiment Simone, mais comment est Johnathan?»

"C'est un dominant très fort, et si vous manquez de respect, il vous donnera probablement une fessée à table sans se soucier de qui en est témoin." Il était difficile de ne pas rire quand ses yeux s'écarquillèrent sous le choc et se transformèrent en quelque chose entre l'indignation et la peur.

"Tu blagues. Vous ne le laisseriez pas, n'est-ce pas ?

« Non, je ne le ferais pas. Je te taquine."

Elle m'a donné un coup de poing ludique sur le bras. « Pas drôle, papa. Je suis trop nouveau dans ce truc de fessée pour que tu plaisantes comme ça. Pour autant que je sache, vous voudrez peut-être que d'autres hommes me touchent, me punissent et me récompensent. Qui sait, peut-être que ça me plairait aussi ?

Un autre homme? Personne ne la toucherait à nouveau sans ma permission expresse.

« Tu veux repenser ça, chérie ? Tu viens de mettre papa très en colère.

Elle leva à nouveau ses yeux vers les miens, et ils furent remplis de rire et de malice.

"Pourquoi, petit gamin," répondis-je. "Tu veux jouer à ce jeu, n'est-ce pas." Je me suis levé et je l'ai laissée tomber sur le lit.

"Allongez-vous sur le dos, la tête penchée sur le côté." Elle a fait ce qu'on lui a dit. "Déplacez vos cheveux pour qu'ils pendent jusqu'au sol." Elle a obéi et je me suis déshabillé devant elle alors qu'elle regardait depuis sa position à l'envers. Ma bite s'est tendue vers sa bouche à quelques centimètres seulement.

"Ouvrez la bouche."

Elle l'a fait et a poussé un petit gémissement de plaisir à la commande.

Je me suis avancé et j'ai doucement tapoté sa bouche avec mon gland. Elle a sorti sa langue, essayant de laver ma bite pendant que je taquinais sa bouche avec. Quand sa frustration de ne pas pouvoir la saisir et la sucer l'a rendue frustrée sur le lit, je lui ai transpercé la bouche avec ma bite et je l'ai fait glisser lentement jusqu'à ce que je sente le fond de sa gorge.

Satisfaite, elle poussa un gémissement de plaisir, la vibration envoyant de délicieuses sensations à travers mon bâton. Elle ne pouvait pas faire grand-chose dans cette position à part contrôler sa langue, alors je me suis légèrement penché en avant et j'ai baisé sa bouche lentement, en appuyant plus profondément à chaque poussée.

"Touche ton clito pour moi, Antonia. Jouez avec votre bouton et laissez-moi sentir à quel point vous l'aimez. Mes gros mots ont déclenché une série de gémissements ponctuant ma bite dure de vibrations si douces que j'ai failli perdre ma charge.

Je me suis reculé un peu et j'ai repris le contrôle pendant qu'elle jouait avec elle-même. J'ai adoré le plaisir qu'elle ressentait à me donner la tête tout en se faisant plaisir en même temps.

"C'est vrai, fille sexy, fais plaisir à ton doux clitoris." Ma bite était enveloppée dans un grondement d'extase et je sentais mon corps se raidir alors qu'il se préparait à se déchaîner. En dessous de moi, Antonia faisait tout un spectacle alors qu'elle s'énervait.

Je me suis penché et je lui ai pincé les tétons. Sa bouche relâcha son emprise avec un fort gémissement alors qu'elle sentait le bord du plaisir. Voir son excitation recouvrir ses cuisses était tout ce dont j'avais besoin pour la suivre hors de la falaise et sauter dans le ravissement.

Quand j'ai eu fini de pomper ma semence dans sa gorge sexy, je l'ai aidée à se déplacer complètement sur le lit et je l'ai rejointe. Nous nous sommes allongés avec contentement dans les bras l'un de l'autre, la conscience que la vie ne pourrait jamais être meilleure m'envahissant et me baignant de contentement.

Chapitre 11

Antonia

Avant Alex, je n'avais jamais fait de vraie pipe. Je l'avais fait plusieurs fois mais cela n'avait rien fait pour moi et c'était tellement différent. Être ainsi excité rendait l'immersion profonde et facile. Je me demandais si toutes les femmes étaient aussi excitées que moi. Il y avait quelque chose dans le plaisir que ma bouche lui procurait qui envoyait un éclair de chaleur directement dans mon cœur.

"Papa?"

"Oui, Antonia?"

Je me suis retourné en position de cuillère frontale et j'ai regardé son visage. "Est-ce réel? Je veux dire, ce n'est pas un jeu de mec riche et tordu, n'est-ce pas ? Je ne veux vraiment pas être un dommage collatéral à ton étrange fétichisme pervers.

Alex éclata de rire. « Vous savez très bien utiliser les mots. Oui, c'est très réel. Je vais être honnête. Je n'ai pu jouer que devant vous et ce que je veux dire par là, c'est que j'ai rencontré des femmes qui aiment être soumises pendant quelques heures, des femmes cadres de haut niveau qui ont besoin de se déconnecter et de nourrir leur âme pendant un court moment. Certains n'étaient que des mots pendant les rapports sexuels, mais ça, être un papa Dom, c'est qui je suis, et te trouver, c'était comme j'imagine qu'un pirate trouvant un trésor enfoui se sentirait : excité, exubérant, heureux.

Il a dit heureux comme si c'était un mot inconnu, ce que j'avais du mal à croire car il pouvait acheter tout ce qu'il voulait. Cela ne l'a-t-il pas rendu heureux ?

«Mais tu as tout. Comment peux-tu ne pas être heureux ?

« Chérie, maintenant j'ai tout. C'est ce que j'essaie de vous dire. Antonia, tu étais la dernière pièce, et maintenant ma vie est terminée et je suis heureuse. Maintenant, parlons de votre garde-robe pour ce soir.

"Dois-je porter cette petite robe rouge avec la lingerie assortie ?"

"Oh, oui, s'il te plaît," dit-il en riant. « Pour que je puisse bander toute la nuit. Peut-être que tu pourras porter ça juste pour moi une autre fois. Au lieu de cela, j'ai une surprise pour vous. Alex se leva d'un bond, entra dans son dressing et revint avec quelques housses à vêtements.

Je me suis assis, curieux de voir ce qu'il y avait à l'intérieur des sacs.

«J'ai demandé à Simone de te confectionner quelques robes; après avoir vu comment le rouge lui allait, elle les a choisis en fonction de cet ajustement. Mais l'un d'eux me permettra d'admirer ta belle beauté sans avoir besoin de t'entraîner dans les buissons comme un homme des cavernes et d'enfoncer ma bite à l'intérieur de toi.

J'ai senti mes parties féminines se serrer de besoin quand il parlait ainsi. J'ai eu tellement de chance. J'étais là, une âme endommagée et noircie, sans rien à offrir, et j'avais un célibataire riche et séduisant qui pensait que j'étais tout ça et un sac de chips.

Alex a ouvert le premier sac, découvrant une robe de cocktail noire à décolleté et recouverte de perles exquises.

« Wow, c'est magnifique. Dois-je l'essayer ?

"Pas encore. Nous retirerons toutes les robes, et ensuite tu pourras m'offrir un défilé de mode, et je choisirai, ça sonne bien ?

J'ai roulé des yeux. « Si ça ne sonnait pas bien, aurais-je le choix ? »
"Pas vraiment."

Il souriait et ressemblait au mauvais garçon ultime, et j'ai de nouveau ressenti cette convulsion. Le sac suivant contenait une robe blanche, un peu plus longue que la noire ou la rouge. Celui-ci arriverait probablement juste au-dessus de mes genoux, et le tissu ressemblait à des pétales de rose, délicat et super doux.

« Putain de fumée, c'est tellement beau. Est-ce aussi doux qu'il y paraît ?

«Oui», répondit-il.
"Alors j'ai mon vote pour le choix de ce soir."

Alex m'a jeté un œil puant mais a ouvert le sac suivant pour révéler une robe bleu ciel nocturne plus longue avec de fines bretelles.

"Ooh la la, aussi super mignon."

Le dernier sac contenait une robe verte moulante assortie à mes yeux. Il avait un fond d'enveloppe et le matériau scintillait à la lumière presque comme des écailles de sirène. J'ai attrapé les robes et me suis dirigé vers le walk-in pour enfiler la robe noire. J'ai trouvé une pile de chaussures neuves dans mon placard qui n'étaient pas là ce matin et j'ai choisi une paire qui, à mon avis, irait bien avec la robe perlée.

Je suis sorti du placard en direction du lit, je me suis retourné et je me suis arrêté, et j'ai fait trois quarts de tour pour qu'il puisse voir sous tous les angles. J'adorais regarder les défilés avec ma mère et je copiais leur façon de marcher.

Alex ne le savait pas, mais il a apprécié la jambe de force, me sifflant et applaudissant en signe d'appréciation. « Cela a l'air fantastique ; comment ça se sent ?

« Comme un gant, seulement pour mon corps et non pour ma main. Je l'aime vraiment, mais je n'en ai pas l'impression. Je me suis pavané en arrière et lui ai secoué les fesses avant de disparaître dans le placard. J'avais le sentiment que la robe blanche serait le choix, alors j'ai retenu cela pour ma dernière tenue et j'ai ensuite choisi la verte.

Il était fait d'un matériau très léger et sexy sur ma peau. J'ai trouvé des chaussures assorties, et cette fois-ci, quand je suis sorti, les yeux d'Alex se sont presque éteints.

«Je ne m'attendais pas à ce que ça soit aussi beau. Il épouse certainement tes belles courbes et j'adore ton décolleté.

"Moi aussi," dis-je avec enthousiasme. "C'est marrant; merci de m'en avoir donné plusieurs parmi lesquels choisir. Une expression de colère passa si vite sur ses traits que je me demandai si je l'avais imaginé.

"De rien, voyons maintenant le blanc."

Je me suis pavané vers le placard et j'ai mis le blanc. Je me sentais comme un beau cygne. Ce qui ressemblait à des pétales de rose était du molleton et des plumes. J'ai pris mon temps pour essayer plusieurs paires de chaussures avant de trouver celle qui me conviendrait le mieux. Ensuite, j'ai attaché mes cheveux en un chignon en désordre et j'ai attrapé quelques vrilles pour les faire descendre en spirale sexy. Je me suis regardé dans le miroir une dernière fois, et quand je me suis pavané cette fois, ce n'était ni sexy ni impertinent. J'ai canalisé l'élégance et je me suis tenu comme j'avais imaginé qu'une femme le ferait. Je savais que j'avais bien choisi parce que les yeux ambrés d'Alex devenaient presque noirs de désir.

«Antonia, tu ressembles à une reine. Voici la robe, et je m'assoirai à côté de vous au dîner, votre humble chevalier, et contemplerai votre beauté.

J'ai ri et j'ai fait la révérence. « J'accepte, mais vous n'êtes pas un humble chevalier. Vous êtes le roi et moi, votre belle jeune fille.

"Mieux vaut enlever la robe, belle jeune fille, et laisse-moi te prendre avant de rompre."

J'ai regardé la bite dure d'Alex au garde-à-vous.

"Oui, Votre Grâce", taquinai-je en retournant au placard, en retirant soigneusement la robe et en accrochant tous les vêtements de fantaisie dans leurs sacs. Quand je suis sorti, j'ai traversé la pièce en courant et me suis jeté sur le lit.

"Prêt!"

Alex a ri puis s'est penché et a pris ma bouche dans un baiser possessif. En se baissant, il plongea son doigt dans mes plis soyeux. "Oui, c'est certainement le cas."

Cette fois, Alex m'a fait l'amour lentement, créant une profonde douleur en moi qui s'est propagée jusqu'à mon cœur. Après avoir atteint l'orgasme, il m'a soulevé et après avoir dit qu'il était temps de se préparer, gamin, nous sommes allés sous la douche.

Peu de temps après, Alex a conduit une voiturette de golf jusqu'au hall de l'hôtel, puis nous a transférés dans un véhicule

"Où est ce restaurant?"

« Juste en bas de la rue, dans une station voisine. Parfois, si je veux la paix, je dois être hors site.

C'était logique, et je supposais qu'il serait difficile de toujours rester à son travail. Les employés essaient de vous impressionner et se battent pour un poste. Ugh, non, merci ; qui avait besoin d'un mal de tête ? J'ai jeté un coup d'œil à Alex pour voir si je pouvais voir le stress que j'imaginais que j'aurais si je possédais ce qu'il a fait. Mais il semblait le même que d'habitude, plutôt décontracté.

"Papa, puis-je te poser une question?"

"Bien sûr, demandez."

J'ai pris une inspiration et formulé mes pensées pour ne pas avoir l'air d'être indiscret.

«Eh bien, je suis curieux. Vous avez d'énormes responsabilités et pourtant vous n'avez pas l'air stressé du tout. Es-tu? Je veux dire stressé, ou est-ce que tout cela est facile pour toi ? Il a souri, mais dans la lumière déclinante du jour, j'ai perçu une très brève expression de tristesse dans ses yeux.

« J'étais stressé. C'est à ce moment-là que Jonathan m'a présenté le métier de papa. Si je sentais le stress monter, je trouvais quelqu'un avec qui jouer pendant quelques heures, et cela agissait comme un bouton de réinitialisation. Mais l'année dernière, presque deux, je n'ai pas joué et je me suis plongé dans un rythme de travail régulier, sans prêter beaucoup d'attention à ce que je ressentais, pour être honnête. Vous êtes arrivé et je n'ai ressenti aucun stress. Votre méchanceté me rend très heureux.

J'ai ri. «Oh, je vois maintenant. Vous me forcez à être méchant pour pouvoir me punir et me sentir mieux.

"Eh bien, quand tu le dis de cette façon, j'ai l'air d'un homme terrible." Les yeux d'Alex brillaient de chaleur et d'humour.

"Non, Alex, tu n'es pas un homme terrible. À tout le moins, tu es une bouée de sauvetage, honorable et sexy, et même si je suis nouveau dans ce truc de soumission, je pense que tu es le meilleur.

Il ne m'a pas reproché de l'avoir appelé Alex, et il a semblé globalement réconforté par ma déclaration. Il a pris ma main dans la sienne et pendant le reste du trajet, nous sommes restés assis dans un silence amical.

À notre arrivée, j'ai été escorté hors du véhicule. Notre voiture a été prise par un gardien du parking. Alex a pris mon bras dans le sien alors que nous étions escortés sur un long pont de planches qui surplombait l'océan. C'était un cadre naturel et la plus belle chose que j'aie jamais vue. Je m'arrêtai de marcher pour tout comprendre.

"Y a-t-il quelque chose qui ne va pas, Antonia ?" Alex me tenait toujours la main et a échoué lorsque j'ai arrêté de marcher.

« C'est mieux que toutes mes imaginations réunies en une seule. Je suis époustouflé par la beauté. J'ai senti des larmes de frustration monter devant mon incapacité à vraiment lui faire comprendre à quel point tout cela était surréaliste et à quel point j'avais peu d'expérience avec le monde. "Je suis bouleversé par la façon dont tu vis, et ça," dis-je en agitant mon bras, "et j'ai l'impression que quelque chose va se passer, et tout va disparaître, et je serai de retour à Détroit dans mon monde laid. Quelques larmes ont réussi à s'échapper et à couler sur mes joues.

Alex m'a pris dans ses bras et a passé ses mains de manière apaisante sur mon dos, son corps chaud et rassurant étroitement pressé contre le mien. Lorsqu'il me sentit me calmer, il recula jusqu'à ce que je sois à une longueur de bras et inclina mon menton jusqu'à ce que nos regards se croisent. « Antonia, je t'assure que cela n'arrivera jamais. Je promets de te protéger, et tu ne retourneras jamais à Détroit à moins que tu ne le veuilles. Tu es en sécurité avec moi, je te le promets, et si quelqu'un vient te chercher, je m'en débarrasserai. Personne ne fait de mal à ma petite fille et ne vit.

Je l'ai cru, ma panique s'évaporant alors que je le regardais dans les yeux. J'ai essuyé mes larmes et lui ai souri. "Merci papa."

Notre hôte, qui attendait patiemment près de notre table, a tiré ma chaise pour moi et m'a aidé à m'asseoir pendant qu'Alex prenait place à côté de moi. Alex a dit quelque chose en français, et l'hôte a répondu puis nous a quittés.

"Je suppose que si je veux vivre ici, je devrais apprendre le français." Durant le peu de temps que j'ai passé à Tahiti, j'ai appris que la plupart des Tahitiens étaient multilingues, conversant non seulement dans leur langue maternelle, mais parlant également le français, langue officielle de l'île.

« Est-ce que c'est ce que tu veux, Antonia, vivre ici toute l'année ? Je te l'ai demandé deux fois maintenant, et tu ne m'as jamais vraiment répondu.

J'étais sur le point de le dire quand des pas se firent entendre sur la passerelle. "On dirait que nos invités sont arrivés", dis-je à la place.

Alex s'est levé et m'a mis debout pour qu'il puisse faire les présentations appropriées.

"Johnathan", dit-il alors que les deux hommes se giflaient tandis que Simone me faisait un câlin chaleureux. "Johnathan, voici la charmante Antonia", a fait Alex en introduction.

"Enchanté", dit-il en prenant ma main et en embrassant le dos. "C'est un plaisir de vous rencontrer, Miss Antonia."

Je rougis, pourquoi je ne sais pas, mais il débordait de confiance. Johnathan était comme un animal déguisé en humain. Ses yeux étaient perçants, comme ceux d'un chasseur, et bien que leurs carrures soient très similaires, Johnathan était plus large et avait un corps plus lourd qu'Alex.

"Enchanté de vous rencontrer aussi, monsieur." Je ne sais pas ce qui m'a poussé à dire monsieur, mais Alex m'a lancé un regard approbateur, tout comme Johnathan.

"Il n'est pas si effrayant, Toni", a déclaré Simone en utilisant mon surnom. "Il aime juste intimider tous ceux qu'il rencontre."

Johnathan laissa échapper un léger grognement qui me fit sursauter, mais les yeux de Simone se dilatèrent. C'était un jeu pour eux, et Alex et moi participions à leurs préliminaires.

Une fois nos chaises repliées, nous avons parlé du menu. Notre conversation est restée légère jusqu'à ce que nos commandes soient passées. Puis Johnathan, en vrai chasseur, a fait un brusque virage à 180° lorsqu'il m'a demandé comment j'étais devenu voleur. J'ai senti mon visage devenir rouge betterave et j'ai regardé Alex pour me guider.

« Dites-le simplement tel quel, Antonia, ou ne le faites pas. Vous n'êtes pas obligé de répondre.

Ses paroles m'ont enhardi.

« J'ai été emmené par la mafia quand j'avais seize ans et j'ai été pour eux une mule de drogue pendant des années. Si je voulais manger, je devais voler de la nourriture ou de l'argent pour acheter de la nourriture. Je suis devenu doué pour soulever des portefeuilles. Je ne sais pas à quoi ils s'attendaient, mais Johnathan m'a lancé un regard reconnaissant tandis que Simone avait l'air horrifiée. Alex gardait une expression vide, ce qui signifiait qu'il cachait ses sentiments.

« Pourriez-vous me faire une démonstration ? » demanda Johnathan avec un sourire narquois.

"Tu veux dire comme cela?" Dis-je en levant sa montre. Son air choqué valait bien toutes les objections qu'Alex aurait pu proposer. J'avais eu un pressentiment à propos de Johnathan et j'avais raison. Il me testerait, et je pense que je venais de réussir. Il a aidé Alex à découvrir qui il était et ne laisserait pas tomber son amie en ne mettant pas son partenaire potentiel à l'épreuve.

Alex a ri, et c'était contagieux, nous tous nous sommes joints à nous. Quand notre vin est arrivé, Johnathan a pris son verre, a dittouché et a fait tinter mon verre. Après cela, la soirée a été aussi joyeuse que fluide. Nous étions quatre amis pour la nuit et nous nous amusions bien. C'était une première pour moi et j'espérais que nous passerions tous les quatre plus de nuits comme celle-là.

Chapitre 12

Alexandre

Antonia était le yin de mon yang, un complément parfait à moi et à qui j'étais. Ces années passées à regarder mon grand-père et mon père travailler avec les gens et à étudier les traits de caractère étaient mon droit de naissance. La petite Antonia avait été poussée dans un monde où elle devait apprendre à rester en vie, et je n'avais pour elle que le plus grand respect. Sa capacité à si bien lire Johnathan résultait de sa formation de rue et mon admiration pour elle a augmenté de façon exponentielle.

« Certains y sont nés, et d'autres y sont forcés ; de toute façon, lire les gens est un cadeau », disait toujours mon grand-père. A-t-il déjà eu raison ? J'adorerais la faire entrer dans mes casinos pour signaler tous les voleurs. J'avais presque du mal à l'imaginer dans ma salle d'électronique disant à mes gardes quoi faire.

"La Terre à papa."

J'avais été perdu dans mes imaginations fantastiques d'Antonia dans mon monde et j'avais découvert qu'il n'y avait pas un seul endroit où elle ne trouverait pas sa place. Je me suis arrêté devant ma maison et j'ai garé la voiturette de golf.

«Marions-nous», dis-je en me tournant vers elle.

Les yeux d'Antonia s'écarquillèrent sous le choc. « Vous ne pouvez pas être sérieux. Nous nous connaissons depuis cinq jours. Ne veux-tu pas d'abord mieux me connaître ?

Je plissai les yeux. « Est-ce que tu dis à papa qu'il ne connaît pas son propre esprit ? J'espère que ce n'est pas ce que tu dis parce que si c'est le cas, je devrai te punir, Antonia. J'ai regardé ses pupilles se dilater. Elle était une soumise parfaite pour mon côté Papa Dom avec la façon dont elle me faisait bander quand l'idée d'être punie par moi la rendait excitée.

J'ai regardé son rythme cardiaque augmenter, ses respirations venant en petits halètements.

"Je ne voudrais jamais, euh, remettre en question votre esprit, monsieur." Ses yeux brillaient de malice. « Mais pour être juste envers vous, j'aimerais que vous annuliez un peu votre offre. Il y en a beaucoup... En fait, n'importe quelle femme serait un meilleur choix pour toi que moi.

Même si elle me voulait désespérément, elle me donnait toujours la priorité, me donnant un ticket de première classe pour ne pas la choisir. Qu'elle s'en rende compte ou non, Antonia était l'incarnation même de l'amour, m'offrant le monde et ne demandant rien en échange. Mais je le savais car j'avais été témoin de sa dépression sur la passerelle menant au restaurant. Elle avait besoin de moi et me voulait, et j'ai réalisé que j'avais besoin d'elle et que je la voulais. Mais à ce moment-là, me donnant une issue, je suis tombé éperdument amoureux d'elle.

"Je pense que tu as besoin de me rappeler ce que je ressens pour toi, petite fille. Je te veux dans la maison, nue et drapée sur le lit.

Antonia s'est dépêchée de se préparer pendant que j'appelais Carl, mon concierge.

« Avez-vous toujours des relations chez Black Pearl Jewelers ? »

"Oui, monsieur, M. Savage."

« Carl, peux-tu me demander une faveur ? J'ai besoin d'une perle de culture noire avec une teinte verte irisée, bercée dans du corail en or rose avec une douzaine de diamants noirs de dix millimètres disséminés dans la bande de corail. Je veux une inscription, mais je vais d'abord la voir pour m'assurer qu'elle est parfaite. Si vous pouvez terminer cela d'ici tôt demain après-midi, vous avez deux semaines de vacances et dites à votre ami que je paierai tout ce dont j'ai besoin pour que cela soit fait d'ici demain.

« Oui, monsieur, M. Savage. Et puis-je dire que nous sommes tous heureux pour vous et votre nouveau bonheur.

« Merci, Carl ; nous parlerons demain. J'ai raccroché et me suis frotté les mains avec une impatience joyeuse. Elle serait à moi et je savais qu'elle ne proposerait plus de réponses une fois qu'elle aurait vu la bague. Simone avait laissé entendre qu'Antonia avait repéré une bague en corail dans le magasin mais ne l'avait pas encore achetée. Celui que je voulais orner sa main délicate serait beaucoup plus détaillé que tout ce qu'elle verrait dans mon magasin.

Je suis entré dans la maison et j'ai pris mon temps, sélectionnant du champagne et lavant des fraises fraîches. Attrapant deux flûtes en cristal, je montai à l'étage avec mes objets et trouvai la chambre étrangement calme.

« Antoine ? Où es-tu?" Si elle pensait que c'était le moyen d'obtenir une récompense, elle serait cruellement corrigée. Mais ce n'était pas son style, et une pointe de peur me traversa la poitrine. Je me glissai lentement, déposant mes objets sur la moquette de la chambre et me dirigeant vers la table de nuit. J'ai tapé le code pour ouvrir le coffre-fort caché à l'intérieur et j'ai attrapé mon Glock. Je suis sorti silencieusement de la pièce et j'ai entendu de l'agitation dans le couloir qui s'éloignait de la porte d'entrée.

Ne souhaitant pas échanger la vitesse contre la furtivité, j'ai quand même accéléré le rythme, déterminé à ne pas laisser la panique me faire commettre une erreur. J'avais besoin d'être au courant de ce qui se passait. Au-delà de la salle de théâtre se trouvait une porte menant au garage, qui donnait directement sur la rampe de mise à l'eau. Quand je suis arrivé, j'ai vu Antonia jetée sur l'épaule d'un homme, luttant pour sa vie, malgré ses bras attachés dans le dos. Un deuxième homme lui attachait les pieds et j'ai tiré sans hésitation, lui tirant une balle dans la nuque à bout portant. Il s'est effondré au sol pendant que le premier assaillant, sans attendre de savoir si son ami était vivant ou mort, s'enfuyait avec Antonia toujours sur son épaule. Je lui ai tiré une balle dans la jambe et il est tombé, Antonia volant par-dessus son épaule et atterrissant sur le carrelage du couloir.

Putain ! J'ai vérifié ses signes vitaux. Ils étaient stables, mais elle s'était cognée la tête et était inconsciente.

« Si elle meurt, ai-je dit à son ravisseur, je prendrai plaisir à te torturer pendant des jours. » J'ai appelé le médecin résident de notre hôtel tout en brandissant une arme sur la tempe de mon prisonnier. Le médecin est arrivé dans les cinq minutes, accompagné de Johnathan et des agents de sécurité. Après que le médecin ait pansé sa blessure, ils l'ont emmené dans un endroit plus sûr car il n'y avait aucune chance que je le remette aux autorités locales.

Quelques minutes plus tard, à ma demande, Simone est venue rester avec Antonia pendant que j'interrogeais le prisonnier.

"Dès qu'elle est réveillée, Simone, envoie-moi un message."

"Ne t'inquiète pas, Alex, je veillerai à ce qu'elle soit bien soignée."

J'ai hoché la tête, ne me faisant pas confiance pour parler, et je me suis arrangé pour laisser dix hommes avec Antonia, Simone et le médecin pour assurer leur sécurité. J'ai pris congé en promettant de revenir bientôt. J'ai embrassé doucement Antonia sur le front avant de quitter la maison pour avoir des réponses.

J'ai couru sur la route jusqu'à l'hôtel abandonné que mon entreprise venait d'acheter. C'était vide et c'était l'endroit idéal pour interroger un prisonnier. Je suis arrivé à temps pour voir Johnathan lui casser la mâchoire. J'ai regardé depuis la porte pendant que Johnathan répétait sa question : « Pour qui travaillez-vous ? Comme il ne répondait pas, j'ai décidé de jouer une nouvelle stratégie.

« Il ne peut pas répondre à cette question, John, car il travaille pour la famille criminelle Sina. Les nommer équivaudrait automatiquement à une condamnation à mort, n'est-ce pas ? La famille Sina n'aime pas les rats. En plus, cette merde de mauvaise qualité ne sait rien ; c'est un homme fait. Il pourrait partager le nom du soldat de rang supérieur, mais je pense qu'il est temps pour moi de parler directement avec Izzy, n'est-ce pas ? J'ai adressé ma question au grognement, dont les yeux se sont encore plus arrondis.

« Attendez, ce n'est pas M. Zamaya qui nous a embauchés ; s'il te plaît, ne lui dis pas. C'était Markos, et il a nos familles. Si nous ne revenons pas avec Toni, il les tuera tous.

Il m'a dit tout ce que j'avais besoin de savoir et un plan a commencé à se former. Je me suis excusé pour aller là où je ne serais pas entendu.

"Buck ici."

« Buck, écoute-moi. Markos vient de tenter d'enlever Antonia ici à Tahiti. Les gars qui faisaient le travail ont été arrêtés. L'un est mort, l'autre est interrogé. Markos tuera leurs familles s'ils ne se présentent pas avec Antonia. J'ai besoin que vous trouviez ces familles, que vous les mettiez en sécurité et que vous trouviez un remplaçant pour Antonia pour le commerce, juste au cas où cela tournerait au sud et que nous ne trouverions pas les familles à temps. En attendant, j'ai besoin que toutes vos histoires sur Markos soient envoyées à moi et à Harvey. Harvey fera rédiger un contrat et je veillerai à ce qu'Izzy le signe. Ma menace est que Markos a tout avoué pour faire tomber Izzy. Avec un contrat en place entre eux et nous, Izzy peut alors éliminer Markos. Je divulguerai le lieu de l'échange à Izzy, je laisserai ses hommes entrer et s'occuper de Markos, et vous pourrez mettre votre sosie d'Antonia en sécurité.

« Compris, où et quand ?

"Je vais parler à l'otage et vous rappeler."

Je suis retourné dans la pièce, imprégnant mon ambiance de danger. J'avais une chance de réussir à ce que cela se déroule avec succès, et par là, je voulais dire qu'Antonia était hors du radar du cartel Sina. Depuis la chaise à laquelle il était attaché, mon prisonnier me regardait avec méfiance.

"Dites-moi", dis-je en attrapant une chaise et en m'asseyant devant lui, "où pensez-vous que Markos cache votre famille?" J'ai permis à mes yeux de se plisser et je savais que le clair de lune entrant par la fenêtre contribuait à donner à mes yeux l'éclat dangereux d'un homme avec qui il ne fallait pas se soucier.

"Markos a de nombreux endroits, mais ils sont tous sur ou autour de l'avenue Livernois."

J'ai quitté la pièce pour rappeler Buck et partager l'emplacement. Nous avons décidé qu'il était préférable de mettre en œuvre la mission de sauvetage pendant que Markos était occupé au lieu de dépôt. En supposant que nous trouvions les familles à temps.

J'ai fait signe à Johnathan de me rejoindre dehors.

"Que se passe-t-il?" » a-t-il demandé dès que nous étions hors de portée de voix.

«Buck a une équipe à la recherche des familles disparues et trouve quelqu'un pour remplacer Antonia. Je m'envole pour l'Amérique du Sud demain pour rencontrer Izzy. Harvey me rejoindra, ainsi que deux sélectionnés de notre équipe. À qui fais-tu confiance pour m'accompagner ?

"Moi, bien sûr, tu sais que je te soutiens toujours."

« Même si je l'apprécie, j'ai besoin de toi ici. Je te confie la vie d'Antonia. J'attends de toi que tu la protèges, quoi qu'il arrive, Jonathan ; elle est votre priorité numéro un.

"Qu'en est-il de lui?" Il a indiqué l'endroit où le prisonnier était détenu.

« Gardez-le enfermé mais en sécurité. Nous savons qu'il est témoin de l'ordre de l'enlèvement au cas où Izzy aurait besoin de preuves supplémentaires. Peut-être quelque part dans le sous-sol de l'hôtel et le nourrir et l'hydrater car nous avons besoin de lui en vie. Si tout se passe comme prévu, nous le libérerons et le renverrons. Sinon, nous verrons. Il pourrait finir par devenir de la nourriture pour poissons. J'ai ri du terme mafieux. Johnathan ne rit même pas, car il avait fait partie de la mafia dans sa jeunesse. C'était une mère dure et avait une sacrée histoire.

« Envoyez-moi les noms des deux personnes que vous sélectionnez pour m'accompagner. Je dois aller voir Antonia et mettre de l'ordre dans mes affaires. Je ne veux aucune échappatoire lorsque je rencontrerai Izzy Zamaya.

Le trajet pour rentrer chez moi était court et pour la première fois depuis que j'avais entendu parler de l'accident d'avion de mes parents, j'ai prié.

Chapitre 13

Antonia

Après une soirée si amusante, j'étais tellement excitée par une soirée de jeu que je ne prêtais attention à rien d'autre que de faire ce qu'on me disait. Lorsque Frankie est sorti de mon walk-in, il s'est à peine rendu compte. Il était souvent présent sur scène quand j'étais à Détroit, et je pense qu'une partie de mon cerveau a simplement accepté de le voir. Puis je me souviens que je n'étais pas à Détroit, et alors que j'ouvrais la bouche pour crier, quelqu'un derrière moi m'a mis la main sur la bouche et m'a tiré la tête en arrière. C'était Vario. Cela ne signifiait qu'une chose. Markos m'avait trouvé.

J'avais peur qu'ils blessent Alex et je ne les ai pas combattus. Ils m'ont attaché les mains, puis m'ont fait sortir par la porte de la chambre et se sont enfuis dans l'escalier arrière qui menait au couloir près de la salle de cinéma.

Ce n'est que lorsqu'ils ont tenté de me faire sortir par la porte arrière que j'ai riposté, faisant suffisamment de bruit pour alerter Alex que quelque chose n'allait pas. Frankie m'a soulevé et m'a placé sur son épaule, et pendant qu'il faisait cela, Vario a tenté de m'attacher les pieds, mais je me suis battu avec tout ce que j'avais, ce qui était difficile étant donné que je portais toujours une robe de cocktail ajustée.

Pourtant, je me suis battu assez fort pour donner un coup de pied à Vario au visage plus d'une fois jusqu'à ce qu'il me frappe le cul assez fort pour que je puisse avancer sur l'épaule de Frankie. Mais alors qu'il mettait la corde autour de mes chevilles, j'ai entendu des coups de feu et le bruit sourd d'un corps tombé. Frankie a décollé comme un coup de feu à travers la porte mais est tombé lorsqu'un autre coup de feu a été tiré, et j'ai volé en avant pour atterrir durement sur le carrelage impitoyable.

Les images de ces moments jouaient en boucle constante. Parfois, c'était Alex qui me tenait et se faisait tirer dessus par un tireur inconnu.

Lorsque ces images se mélangeaient, j'essayais d'avertir Alex du danger imminent. Je suppose que j'ai réussi à bouger dans mon état inconscient parce que j'entendais une voix familière disant que tout allait bien. Mais l'était-ce ? Où était Alex ? Je savais qu'il n'était pas dans la pièce avec moi. Sa présence plus grande que nature manquait, tout comme son odeur de noix de coco fraîche mélangée à de la cannelle et des épices. Oh ouais, et tout est sympa. J'ai adoré son odeur. L'odeur de sa peau était comme un aphrodisiaque.

J'avais entendu les voix de plusieurs personnes et senti le moment où j'étais déplacé du sol dur vers mon lit. Ha! Pas mon lit, plutôt son lit. Non, notre lit, ouais, ça sonnait bien, le nôtre... puis je l'ai senti. Lorsque son odeur unique s'est propagée, j'ai su que mon homme était de retour. J'ai travaillé pour ouvrir les yeux, mais ça faisait tellement mal ! Finalement, j'ai réussi à les ouvrir suffisamment pour voir Alex assis sur le lit me regardant avec inquiétude.

"Êtes-vous d'accord?" J'ai réussi à croasser.

Alex répondit avec un large sourire, puis il se pressa légèrement contre moi, couvrant mon visage de baisers. « Dieu merci, tu t'es réveillé. J'ai été tellement inquiète pour toi.

« Depuis combien de temps suis-je absent ?

"Environ douze heures, et j'étais sur le point de partir."

J'ai ressenti une panique urgente et Alex l'a compris.

Il s'est assis. « Écoute-moi, Antonia. Je dois prendre un vol pour affaires et je serai absent quelques jours. Je laisse Simone avec vous, Johnathan et une foule de gardes. Personne ne t'atteindra. »

J'ai saisi sa main comme si c'était une bouée de sauvetage, la tirant contre ma poitrine dans une tentative désespérée de ne pas le laisser partir.

« S'il te plaît, Alex, ne pars pas ; tu ne reviendras peut-être jamais », ai-je pleuré, les larmes coulant sur mes joues. "J'ai peur, papa, ne pars pas." Je faisais tout ce qui était en mon pouvoir. « C'était Markos, et il est dangereux. S'il vous plaît, ne lui faites pas face ; ça ne finira pas bien, il est sale, le plus sale de tous. C'est un vrai rat, et on ne peut se fier à rien de ce qu'il dit.

"C'est bon, Antonia, chut, tais-toi maintenant, respire."

J'ai pris quelques longues inspirations et je les ai laissées sortir lentement.

« Écoute, je ne laisserai rien de mal arriver. Je te promets que je reviendrai et j'ai besoin que tu sois là à m'attendre. Sois sage pendant mon absence, Antonia. Je veux votre parole que vous ferez ce qu'on vous dit et que vous resterez en sécurité.

J'ai hoché la tête, pas prêt à céder verbalement.

Alex grogna, "Antonia, des mots."

"Oui, je promets de rester en sécurité."

"Je vois que nous allons faire une longue séance de pagaie à mon retour."

"Oui, papa, je promets de rester en sécurité." Je détestais qu'il me fasse une telle promesse. Je me sentais tellement mal que je n'avais pas prévu de faire autre chose que d'aller aux toilettes. Dans quelle mesure pourrais-je m'attirer des ennuis ?

"C'est mieux. Antonia, souviens-toi que tu es la personne la plus importante pour moi ; Je t'aime bébé."

Mon cœur s'est gonflé avec ses paroles. "Je t'aime aussi, papa, avec chaque partie de moi."

Il éloigna doucement sa main de ma poitrine, attirant ma main avec. Il en embrassa le dos puis se leva. "Je dois y aller maintenant, chérie. Assurez-vous de manger et de vous hydrater.

Je lui ai assuré que je le ferais, puis comme par magie, il est parti. J'ai attrapé la télécommande sur mon support de lit pour les stores. Je voulais voir la mer sans fin et me perdre dans ses vagues scintillantes. Je ne suis pas resté seul assez longtemps pour me livrer à une fête de pitié puisque Simone est arrivée environ dix minutes plus tard. Elle s'est assise sur le bord du lit et a essuyé mes larmes.

« Vous avez besoin d'une distraction. Et si nous regardions des films d'amour et mangions de la glace ? »

Je la regardais avec les larmes aux yeux. Simone était ma première amie depuis l'école et je l'aimais beaucoup. Je ne connaissais pas les règles de l'amitié comme autrefois, mais remonter le moral de votre copain ressemblait à l'amitié 101.

« D'accord, tant que nous ajoutons toutes sortes de malbouffe à la liste et que nous buvons ; J'aurais vraiment besoin d'alcool. Simone et moi avons éclaté de rire.

"Tu l'as eu. Laisse-moi aller préparer tout, puis je t'aiderai à descendre jusqu'à la salle de cinéma.

J'ai souri alors qu'elle se retirait par la porte. Peut-être que cette bonne chose ne serait pas si mauvaise, pas avec un ami autour pour vous distraire de toutes vos peurs.

Au moment où Simone est revenue, j'avais réussi à me rendre aux toilettes pour faire pipi et prendre une douche et je me sentais infiniment mieux. Je suis allé dans mon placard et j'ai trouvé un ensemble de pyjama en bambou qui ressemblait à un câlin chaleureux lorsque je l'enfilais. Et puis, retournant au lit, j'ai avalé une bouteille d'eau que j'ai trouvée sur ma table de nuit.

Simone revint avec le docteur sur ses talons. «J'ai amené le médecin avec moi pendant que vous étiez réveillé. Je pensais qu'il pourrait vous vérifier avant de descendre, et Johnathan a insisté pour que vous preniez votre petit-déjeuner en premier. Quand je lui ai fait une grimace désapprobatrice, elle a ajouté : « Alors nous pourrons aller faire la fête dans la salle de cinéma ; tout est mis en place.

"Oh, très bien," dis-je, "du moment que je peux trouver quelque chose à prendre pour cet horrible mal de tête."

« C'est bon de vous voir éveillé et mobile ; C'est un bon signe." Le médecin parlait comme s'il n'avait pas entendu l'intégralité de notre conversation. Il m'a demandé de m'allonger alors qu'il frottait doucement ses mains sur la bosse sur ma tête, puis il a fait briller une lumière dans mes yeux alors qu'il me faisait les déplacer d'un côté à l'autre. Il a vérifié mon pouls et ma température, puis m'a dit que je n'étais apte à rien d'autre que de rester assis pendant les quarante-huit heures suivantes tout en restant sous surveillance pour m'assurer que je guérissais. Il est parti et mon petit-déjeuner est arrivé un instant plus tard entre les mains d'un gars super mignon qui avait une arme sur la hanche.

"Euh, salut," dis-je maladroitement.

"Bonjour," gazouilla-t-il. "Faites-moi savoir si vous avez besoin d'autre chose, Miss Bloom."

« Antonia, s'il te plaît, et tout va bien. Est-ce que ça vient de l'hôtel ?

"Non, madame, je l'ai fait moi-même", dit-il avec une expression fière.

"Wow, je suis honoré, merci beaucoup." Il m'a fait un clin d'œil et m'a laissé rougir avec un repas exquis en équilibre sur mes genoux. Lorsque Simone, qui était partie lors de l'examen, est revenue, elle m'a remis deux comprimés.

« Du médecin » fut la seule explication que j'ai eue. Maintenant que j'avais mangé, je les buvais avec plus d'eau. Puis je me suis penché en arrière avec mon café.

"Tu as besoin d'un surnom, Simone, et Sim ?" Elle m'a lancé un regard sale me faisant rire. « Et Simo ? Allez, c'est mignon.

"Je vais y penser."

"D'accord, très bien," dis-je avec une fausse exaspération. Simone a ri, j'ai levé les yeux au ciel et j'ai dit : "Es-tu encore prêt ?"

"Mon dieu Alex avait tellement raison quand il t'a traité de gamin."

J'ai éclaté de rire jusqu'à pleurer. "Aucun mot plus vrai n'a jamais été prononcé", dis-je, à bout de souffle. "D'accord, je vais bien, allons-y." Nous avons descendu lentement les escaliers et sommes finalement arrivés à la salle de cinéma. Simone avait décoré le canapé géant de couvertures, d'oreillers et de collations sur toutes les surfaces.

"Fête de filles", dis-je en trouvant un endroit confortable et en me blottissant.

"Je pensais faire un pichet de sangria, comme ça nous n'aurions pas besoin de continuer à préparer des boissons."

"Oh, bonne idée, on peut faire du rouge ?"

"Parfait", répondit-elle. "Je préfère le rouge aussi."

"Comme la couleur de ton cul après une séance", plaisantai-je.

Simone s'est tournée vers moi depuis l'autre côté de la pièce, les yeux écarquillés par le choc.

"Comment le saviez-vous ?"

«J'ai deviné. Eh bien, à vrai dire, Alex m'a raconté comment il avait découvert qu'il était un papa Dom, et comme c'était Johnathan qui lui avait montré le chemin, j'ai supposé que tu étais aussi euh, euh, tu sais, soumis ou peu importe comment on l'appelle.

Simone a emporté notre premier pichet de Sangria et deux verres. Elle nous a versé à chacun une quantité généreuse.

"À nous deux mauvaises filles", dit-elle en levant son verre.

J'ai fait tinter le mien contre lui. Pour nous, j'ai imité.

« Hé, as-tu déjà vu ce classique des années 90, Bad Girls ? C'est un western.

"Non, mais laissez-moi voir si je peux le trouver", a déclaré Simone en allumant ce que j'appelais l'engin.

« Vous semblez bien connaître votre chemin ici. Est-ce que toi et Alex, vous savez, avez déjà eu quelque chose ?

Simone rougit furieusement. «Nous l'avons fait il y a environ une semaine. Nous n'avons tout simplement pas cliqué, puis il m'a présenté à John, et la flèche de Cupidon a frappé durement. Désolé, je ne vous l'ai pas dit.

Je l'ai écarté. "Cela n'a pas d'importance. Et maintenant, que diriez-vous d'une recharge ? »

« Putain de merde, femme, tu as bu si vite. Ralentis, ou mes fesses seront rouge cerise avant la fin de la journée.

J'ai ri et j'ai essayé d'imaginer ce que ce serait d'être aux premières loges devant la fessée de Simone. Puis elle trouva l'émission et appuya sur play. Pendant les deux heures qui ont suivi, nous avons été stupéfaits et impressionnés par la beauté de Dermot Mulroney dans le rôle du héros cowboy. Nous étions assez martelés par le liquide rouge inoffensif, et nous avons lancé Wedding Date, un autre film de Dermot, et avons bu un deuxième pichet de Sangria pendant que nous regardions. Au moment où Johnathan est arrivé, nous avions bu depuis cinq heures, regardé deux films, fait une bataille d'oreillers et le sol était couvert de couvertures éparpillées et de restes de malbouffe.

"Qu'est-ce qui se passe, bordel ?"

"Fête de filles", dis-je, puis je laissai échapper un rot géant qui nous fit tomber de rire, Simone et moi.

«Eh bien, cette fête est terminée. Simone doit rentrer à la maison et dormir.

"Tu ne vas pas lui donner une fessée en premier?" Une partie de mon cerveau a reconnu que je n'aurais pas dû dire ce que j'avais fait. J'ai connu mieux. Mais mon moi ivre se demandait à quoi ressemblait la discipline de la fessée avec les autres couples. Mes mots flottaient dans l'air comme un tsunami qui gagnait en force. Personne ne dit un mot alors que les secondes s'écoulaient d'une lenteur tortueuse.

Johnathan n'a pas parlé, mais il a sorti son téléphone et a pris plusieurs photos avant de sortir.

"Êtes-vous fou!" Simone m'a sifflé quand la porte a été fermée. « Voulez-vous être ajouté à cette punition ? »

J'étais ivre et confus. "Que veux-tu dire?"

Quand la porte s'est ouverte, elle a murmuré : « Tu verras », puis elle s'est tue.

"D'accord, Simone, tu prends ce coin, Antonia, tu prends celui-là." Mon visage a dû tout dire alors qu'il montrait le mur. « C'est vrai, petite fille, ton papa m'a donné la permission de te rougir le cul. Maintenant, au coin car si je dois redemander, tu recevras une punition plus sévère comme Simone.

Je me suis précipité vers le coin et, en chemin, j'ai remarqué que Simone regardait Johnathan par-dessus son épaule quand il disait plus durement. Je ne savais pas quoi faire car Alex ne m'avait pas entraîné à écouter quelqu'un d'autre. Alors j'ai copié Simone, j'ai mis mes mains sur ma tête et j'ai sorti mes fesses. Je vivais beaucoup de choses et j'étais horrifié de sentir à quel point j'étais mouillé à l'idée de voir Simone recevoir sa fessée. C'était foutu, n'est-ce pas ?

J'ai entendu des mouvements, puis Simone et moi avons été appelés du coin.

« Maintenant, vous deux, mesdames, avez des ennuis ; Je ne donnerai mes instructions qu'une seule fois. Simone, tu étais responsable de prendre soin d'Antonia, pas de la faire marteler. Vous recevrez une fessée aux fesses nues suivie de vingt coups de ceinture. Comme punition supplémentaire, Antonia sera témoin de votre châtiment. Antonia, tu recevras ta fessée aux fesses nues sous la surveillance de Simone. Ai-je été clair, mesdames ?

"Oui, monsieur", avons-nous dit à l'unisson. J'ai regardé avec une horrible fascination Johnathan baisser le pantalon et les sous-vêtements de Simone et la tirer sur ses genoux, plaçant une de ses jambes sur la sienne. Simone n'était pas une femme petite, mais elle était mince avec une petite carrure, et ses fesses couleur moka étaient proéminentes et arrondies et faisaient tout un spectacle.

Lorsque la main de Johnathan descendit avec un craquement, je sursautai avec la soudaineté du bruit fort de peau contre peau. Simone laissa échapper un petit punch mais ne poussa aucune autre plainte. Il n'a pas fallu longtemps à Johnathan pour se peindre les fesses d'un bordeaux profond. Et pendant tout ce temps, il lui a fait la leçon sur ce que signifiait se comporter jusqu'à ce qu'elle reste mollement suspendue, des larmes silencieuses coulant sur son visage et tombant sur le sol.

Johnathan l'a relevée puis l'a fait se pencher au bout du canapé. Je savais que mes yeux étaient aussi ronds que des soucoupes et que je devrais détourner le regard, mais je ne pouvais pas m'empêcher de regarder la scène se dérouler devant moi.

Une fois qu'elle fut en place, il ôta sa ceinture et l'abaissa si rapidement qu'il me fallut un moment à mon cerveau pour comprendre qu'il lui avait donné une fessée. J'ai aperçu la bande rouge livide qui est apparue un instant plus tard.

Simone poussa un petit cri mais resta en place. J'ai regardé Johnathan abaisser à nouveau la ceinture, chevauchant la première, et Simone a crié un peu plus fort cette fois. À chaque coup de ceinture, Simone criait mais restait en place. Elle était comme une professionnelle et j'ai été impressionné par sa capacité à gérer la douleur. Quand Johnathan eut fini, il frotta ses joues rayées rouge rubis puis l'aida à se lever.

Puis il se rassit. "De fond en bas, Antonia."

"Oui, monsieur", ai-je tremblé, sachant que j'étais hors de ma ligue. Ces deux-là étaient ensemble et il connaissait son seuil, l'amenant au bord sans l'envoyer. Je m'inquiétais en poussant mes fesses jusqu'à mes chevilles. Johnathan ne connaissait pas du tout le mien et il semblait donner une fessée plus forte qu'Alex. Je me mordis la lèvre inférieure tandis que Johnathan m'attirait sur ses genoux. Ayant six bons pouces de moins que Simone, je me suis retrouvé suspendu dans l'espace. Comme il l'a fait avec elle, il a placé sa jambe sur les miennes. Puis il baissa la main.

Ce n'était pas une fessée excitante destinée à augmenter la chaleur et à me faire couler. Cette fessée m'a fait un mal de diable, et j'ai poussé un cri en sentant l'empreinte de sa main me brûler le cul. Il en a livré un assorti sur l'autre joue. Puis sa main en forme de pagaie a continué à me donner la fessée jusqu'à ce que je me penche mollement sur ses genoux, pleurant comme un bébé. Une litanie de Je ne recommencerai plus jamais sortait de ma bouche à chaque coup.

Il ne s'est pas arrêté là, et une rafale de fessées plus dures, si cela était possible, a plu jusqu'à ce que je sanglote. Johnathan m'a levé quand il a eu fini et a remonté mon bas de pyjama.

"Maintenant, au lit avec toi, c'est l'heure de la sieste."

"Oui Monsieur." Je suis sorti de la pièce en traînant les pieds pour trouver le mec mignon de plus tôt, debout dans l'escalier, attendant de m'escorter jusqu'à ma chambre. Il a dû tout entendre, alors je n'ai pas pris la peine de cacher mon visage strié de larmes. Une fois au lit, il m'a apporté de l'eau et deux pilules. Je les ai pris et me suis blotti dans l'odeur réconfortante d'Alex.

J'ai atteint entre mes jambes et j'ai senti à quel point j'étais mouillé. J'ai frotté mes plis soyeux et j'ai glissé un doigt à l'intérieur. Mon clitoris était dur et avait besoin de répit. Je l'ai frotté pendant que je me baisais avec mon autre main jusqu'à ce que je sente l'orgasme exploser à travers moi. J'ai convulsé sur le lit, les répliques me laissant dans un état de désordre spasmétique. Putain, est-ce que c'est vraiment arrivé ? Je me suis interrogé alors que je m'endormais.

Chapitre 14

Alexandre

"Est-ce que tout est en place?" Harvey et moi nous étions rencontrés au terminal et nous étions dirigés vers l'un de mes hôtels.

"C'est vrai, mais es-tu sûr de vouloir le faire en personne ?"

"Avez-vous vu mes détails de sécurité?"

Harvey eut l'air confus puis sortit par la fenêtre arrière. «Non», répondit-il.

« J'espère qu'eux non plus ne le feront pas. De plus, j'ai une sécurité supplémentaire à l'hôtel ; ça devrait aller.

"Nous? Je ne suis pas un mafieux, Alex.

« Moi non plus, Harvey, et pourtant nous y sommes. C'est moi qui parlerai ; tout ce que vous avez à faire c'est d'étayer ma déclaration avec une trace écrite, et vous l'avez fait. Néanmoins, nous avons jusqu'à ce soir pour examiner le plan et garantir son succès.

J'ai penché la tête en arrière et fermé les yeux. Un résultat positif signifiait qu'Antonia était libérée du cartel Sina. Quelqu'un avait-il déjà réussi à repartir de ses propres ailes ? Mon téléphone a sonné ; c'était de Johnathan. Je l'ouvris en tremblant, espérant que ce n'était pas une mauvaise nouvelle.

Nos filles avec plusieurs photos de la salle de théâtre et deux jeunes femmes visiblement ivres.

C'est quoi ce bordel ? J'ai répondu.

Désolé, Alex, c'est ma faute. C'était censé être une fête de filles avec Netflix et des collations, pas une fête arrosée. Simone est punie et j'aimerais qu'Antonia regarde. Oui?

Merde! Pourquoi a-t-elle dû se comporter comme une gamine au moment où je lui tournais le dos ?

Oui. Et incluez un OTK pour Antonia, ce n'est que justice. Johnathan m'a renvoyé une série d'émojis fessés et de rires. J'enverrais un message à Antonia plus tard. En ce moment, j'avais de plus gros poissons à faire frire, et Johnathan semblait avoir tout en main.

"Y a-t-il un problème ?"

"Non, tout va bien, juste une mise à jour depuis chez moi." Notre voiture s'est arrêtée devant l'hôtel et nos portes se sont ouvertes.

"M. Savage », j'ai été accueilli par mon concierge. "Tout est prêt pour vous et M. Wetzler, monsieur."

"Merci, Rico." Nous avons été escortés jusqu'au dernier étage, qui contenait deux immenses suites penthouse ; l'un était le mien, même si je ne l'avais pas utilisé depuis des lustres, et l'autre était destiné à Harvey. Après avoir déposé son sac de nuit dans sa suite, Harvey est venu dans la mienne et nous avons commandé le déjeuner et le dîner tout en parcourant les dossiers.

J'ai sorti plusieurs dossiers de police et les ai examinés. "Ce Markos est vraiment une merde, n'est-ce pas ?"

Harvey leva les yeux d'un document qu'il parcourait. « Oui, mais ce que j'ai reçu de Buck juste avant d'embarquer, c'est la cerise sur le gâteau. Regarde."

"Qu'est-ce que c'est que ça? Est-ce que je cherche des preuves de sa prise ?

"Que tu es. Il travaille pour une autre famille et vole la famille Sina tout en jouant au foot avec la cabale opérant à partir de l'Ontario. Nous avons ici plusieurs photos de lui en train de négocier avec eux. Mais nous avons aussi des témoins. Le téléphone d'Harvey sonna.

"Wetzler."

"Attends, Buck, je suis avec Alex et je te mets sur le haut-parleur."

"Hé, Buck, tu as des nouvelles ?" C'était l'appel que j'attendais. Si Buck avait réussi avec son équipe, alors la pièce finale était prête et nous pourrions pleinement mettre en œuvre mon plan.

« Nous connaissons l'emplacement de la maison où sont détenues les familles. Ce soir, à 19 heures précises, l'échange doit s'effectuer à quai pendant que mon équipe va secourir les familles.

"Quoi ? Ce soir ? J'ai pris des dispositions pour un rendez-vous pour demain matin. Mon cœur a commencé à s'emballer à cause de l'ampleur de la merde que j'avais créée. Harvey, sentant mon angoisse, posa une main ferme sur mon bras.

«Je vais appeler Izzy et faire tout ce dont j'ai besoin pour que cela se produise. Attendez, ce n'est pas aussi grave que je le pensais quand on considère le décalage horaire. Je te rappelle, Buck. J'ai pris une profonde inspiration puis j'ai appelé Izzy Zamaya. Croyez-moi, cela n'a pas été facile d'obtenir le numéro sur sa ligne directe, mais plusieurs pots-de-vin plus tard, j'en ai obtenu un.

«Izzy. Parler."

"M. Zamaya, c'est M. Savage. Nous devons nous voir le plus tôt possible. J'ai de nouvelles informations que vous voudrez connaître immédiatement. Il y eut un silence à l'autre bout du fil, et les secondes parurent rapidement comme des minutes.

"Je vais envoyer une voiture."

Harvey et moi avions convenu d'un endroit où je n'étais pas coincé dans un endroit où je n'avais aucun contrôle. « Je suis sûr que vous pouvez imaginer à quel point envoyer une voiture ne fonctionnera pas pour moi. Au lieu de cela, j'emmènerai ma voiture avec mon homme dans un endroit neutre.

« Quel est cet endroit ? »

Harvey brandit une carte et désigna un restaurant miteux qui n'était pas sur le territoire d'Izzy.

"Castros sur Belize Avenue dans deux heures."

«Je serai là, M. Savage, et pas seul. Sachez que je n'aime pas perdre mon temps. Il a raccroché et Harvey et moi avons poussé un soupir de soulagement.

«J'ai besoin d'un verre», dis-je en me levant. "Harvey, quel est ton poison ?" Il agita la main, indiquant n'importe quoi au hasard. Je savais exactement ce qu'il ressentait. Quelle était la boisson appropriée à consommer avant de rencontrer le chef du cartel ?

Chapitre 15

Antonia

Je me suis réveillé de ma sieste en me sentant un peu confus avec un violent mal de tête. J'ai ouvert un œil pour voir la lumière déclinante du coucher du soleil. Je me suis lentement mis en position assise et j'ai attrapé la bouteille d'eau et les pilules qui se trouvaient sur ma table d'appoint. J'ai supposé que mon mignon petit garde surfeur avec le pistolet les avait placés là.

Les minutes passaient et j'attendais que les médicaments agissent et me débarrassent du mal de tête qui martelait comme un tambour dans mon crâne lorsque la porte de ma chambre s'ouvrait.

"Puis-je entrer?"

C'était Johnathan. Je lui ai fait signe d'entrer, pas prêt à parler à l'homme qui m'avait donné une fessée quelques heures plus tôt. Je veux dire, parle d'embarrassant.

"Comment te sens-tu?" » a-t-il demandé en s'asseyant au bord du pied de mon lit.

« Le mal de tête a presque disparu ; c'était le pire.

«Alex t'a appelé. Il est sur le point de se rendre à une réunion importante. Je lui ai dit que je te réveillerais pour que tu puisses le rappeler.

"Oh merci." J'ai attrapé mon téléphone et j'ai appuyé sur le dernier numéro pour m'appeler, c'était lui.

"Je serai en bas si tu as besoin de moi."

J'ai hoché la tête en signe de reconnaissance et j'ai serré fermement le téléphone.

"Bonjour, ma petite diablesse, comment te sens-tu ?"

Son ton était léger, mais je pouvais dire qu'Alex se sentait anxieux. Il y avait un ton dans sa voix comme une note secondaire que j'attribuais au fait d'être bouleversé.

"Je vais beaucoup mieux, merci, papa." J'ai ajouté dans le titre qu'il aimait que j'utilise même si j'avais l'impression que l'adresse n'avait aucun rôle dans cette conversation. "Je suis inquiet; tu as l'air stressé.

Il rit légèrement. « Vous pensez me connaître, n'est-ce pas ? Je vais devoir faire un meilleur travail pour vous garder sur vos gardes.

C'était à mon tour de rire. "Crois-moi, papa, tu me gardes beaucoup sur mes gardes. Au fait, euh... tu es au courant de ce qui s'est passé plus tôt ? Comme ce qui s'est passé entre Simone et moi ?

"Oui," dit-il un peu plus sévèrement. "Et nous en discuterons quand je serai à la maison."

« C'est quand exactement ? Tu me manques terriblement." Même si je voulais être là pour lui, même moi, je pouvais entendre les larmes dans ma voix. Alors, au lieu de le combattre, j'ai ajouté: "J'ai besoin de toi."

« Écoute-moi, Antonia, nous sommes presque au bout du problème que je voulais régler en avion. Restez fort pour moi et sachez que je reviendrai dès que possible. Sa voix était plus basse et plus douce que d'habitude, et je savais qu'il essayait de m'aider à rester calme.

"Tu ferais mieux, Alexander Savage, parce que depuis le temps incroyablement court que je te connais, je suis tombé amoureux de toi, et je suis si profondément amoureux que si tu ne revenais pas vers moi, mon cœur se briserait. deux." La ligne resta silencieuse pendant quelques instants tortueux.

"Je t'aime, Antonia."

"Je t'aime aussi, Alex."

"Je dois y aller. Ayez foi et comportez-vous bien. Je n'aime pas qu'un autre homme donne une fessée à ce cul ; cela m'appartient."

Malgré la gravité de la conversation, je ne pus m'empêcher de rire.

"Oui Monsieur!"

"Bonne fille, au revoir pour l'instant."

La ligne était coupée et je me suis adossé au lit. J'ai regardé les premières étoiles de la nuit faire leur apparition. Je me suis sorti du lit et suis descendu chercher quelque chose à manger et j'ai trouvé Johnathan.

« Hé, je meurs de faim. Y a t-il quelque chose à manger?" J'ai demandé.

"C'est vrai, asseyez-vous au bar et je vais le réchauffer pour vous."

Je suis allé le dépasser pour le faire moi-même. "Je ne suis pas invalide et je peux me servir." Johnathan m'a lancé un regard flétri qui aurait pu enlever la peinture d'une terrasse, et je suis revenu de l'autre côté du comptoir et me suis assis, en toute sécurité, hors de sa portée.

"Où est l'autre baby-sitter?" J'ai reçu un autre regard de Johnathan.

« Je suppose que par baby-sitter, tu veux dire le garde du corps hautement qualifié qu'Alex a engagé pour te protéger ? Il s'appelle Cooper et il est en pause.

J'ai digéré cela pendant un moment, et quand Johnathan a placé mon assiette devant moi, j'ai demandé : « Puis-je vous poser une question ?

"Vous pouvez", dit-il en me versant un verre d'eau et en y pressant un peu de citron frais.

« Toi et Simone. Est-ce que vous êtes ensemble depuis longtemps ?

"Nous avons." Il s'appuya contre le comptoir, alors nous nous faisions face. « Environ un an, mais ce que vous voulez vraiment savoir, c'est depuis combien de temps nous entretenons notre relation particulière ? »

J'ai senti mes joues s'échauffer à la question et je savais qu'il pouvait très bien voir à quel point j'étais mal à l'aise.

Johnathan sourit, ressemblant plus à un loup affamé qu'à un homme.

«Je suis plus âgé qu'Alex d'une décennie et j'ai un passé coloré. Quand j'étais agent d'exécution pour une famille criminelle, j'ai appris que j'avais un problème particulier.

"Oh? Le truc de papa ?

Il en riant. "Non, j'aime donner une fessée aux coquines comme toi."

Je me suis étouffé avec mon lance à asperges et j'ai attrapé mon eau.

« J'ai rencontré beaucoup de femmes, Antonia, qui sont fortes et indépendantes, mais qui aiment aussi quelqu'un de plus fort qu'elles. Je ne parle pas de force physique, mais lorsqu'une femme forte a besoin d'un bras sur lequel s'appuyer, elle recherche quelqu'un qui peut supporter la charge à sa place lorsqu'elle a besoin d'une pause. Quelqu'un qui peut prendre le relais lorsque la charge est trop lourde. Maintenant, laissez-moi vous poser une question. La première fois qu'Alex t'a dit de l'appeler papa, que s'est-il passé ?

Mon rougissement s'accentua, inondant mon visage de chaleur. «J'ai, euh, gémi, je crois. Mais il me faisait des choses, et bien, ça ajoutait à l'expérience. Je ne l'ai pas séparé de ce que nous faisions à l'époque. Je ne sais pas ce qu'est vraiment un Daddy Dom. Je ne sais pas ce qu'il attend de moi, mais il m'a dit que nous avions beaucoup de choses à dire à son retour.

Johnathan m'a étudié comme s'il essayait de se décider sur quelque chose.

« Un Daddy Dom est un homme qui vous prendra par la main et vous guidera dans l'obscurité. Un partenaire dominant qui joue le rôle d'une figure paternelle pour le partenaire soumis. Sauf que je vais aller plus loin et dire qu'il ne s'agit pas d'un jeu de rôle en soi, mais d'un véritable rôle que vous jouez ou non. Alex et moi sommes dominants dans la chambre, mais nous sommes également dominants dans la vraie vie et assumons nos responsabilités. Nous ne séparons pas qui nous sommes en tant que rôle. Cela a-t-il du sens?"

"Cela fait; merci d'avoir pris le temps de partager ça avec moi. Alors, toi et Simone, elle m'a dit qu'elle, euh... avait d'abord été avec Alex ? Ses yeux brillèrent de quelque chose que je ne pouvais pas définir puis disparurent.

« Simone est originaire de Tahiti et travaillait ici depuis un moment avant qu'Alex ne la rencontre. Ils ont joué certaines scènes ensemble, mais au final, elles ne s'accordaient tout simplement pas. Lorsque j'ai quitté l'Asie pour prendre la relève, Alex nous a présenté et j'ai su dès que je l'ai vue que c'était elle.

Maintenant, j'étais un peu confus. Voulait-il parler de celui-là, ou de celui qu'il voulait apprivoiser, ou était-ce la même chose ?

« Quand tu rencontres la soumise parfaite, Antonia, c'est comme rencontrer la femme qui sera un jour ta femme. L'impact est si fort.

"Est-ce que cela signifie que tous les dominants se marient avec leurs soumis ?"

Il rit bruyamment. «J'aime ton ignorance, ma fille, une telle bouffée d'air frais. Non, il existe de nombreux types différents de relations D/s et de nombreux niveaux différents de relations avec Daddy Doms, mais dans votre cas, je ne m'attendrais pas à partir de sitôt. Alex semble complètement séduit.

« Où est-il, Johnathan ?

«Rencontre avec Izzy Zamaya.»

J'ai blanchi et j'ai senti le sang s'écouler de mon visage. Mon cœur battait à tout rompre alors que je glissais du tabouret ; ma dernière image était celle d'Alex avec une balle dans la tête.

Chapitre 16

Alexandre

Harvey, moi-même et mes deux agents de sécurité choisis à Tahiti roulions dans une voiture, tandis que derrière nous se trouvait un autre groupe de six personnes. Une équipe supplémentaire était partie une heure avant nous pour établir un périmètre d'un mile autour du restaurant.

Toutes ces précautions ne garantissaient pas que nous sortirions de cette situation sains et saufs, mais je pensais qu'Izzy ne pouvait pas être complètement idiot s'il avait été choisi comme nouveau chef du cartel, et qu'il n'y aurait aucun avantage à le faire. c'est à lui d'éliminer un milliardaire aussi prestigieux que moi.

Nous étions les seconds à arriver. Après être descendus de la voiture, Harvey et moi étions entourés des huit hommes composant mon équipe de sécurité. Les hommes sont entrés en action, quatre nous encerclant, tandis que deux prenaient l'arrière et deux entraient devant nous. Comme aucune menace imminente n'était évidente, Harvey et moi avons été escortés jusqu'à une table au centre du restaurant par ailleurs vide.

Trois hommes se tenaient debout, et même s'ils semblaient tous dangereux, un seul pouvait être le chef. J'ai tendu la main à un gars inique de 1,70 m, à sa grande surprise, comme en témoignent ses yeux écarquillés. Puis un vil sourire narquois souleva le coin d'un côté de sa bouche. J'ai rassemblé autant d'énergie dominante que possible pour nier sa présence maléfique.

"M. Savage, comme c'est agréable de enfin mettre un visage sur la voix.

"M. Zamaya, je dirais que tu me désavantages. Une recherche rapide sur Google vous montrerait une pléthore d'images de moi. Tandis que toi, je n'en ai trouvé qu'un, et pas si convenable. J'ai attendu et espéré que mes paroles étaient suffisamment provocatrices sans être insultantes. Son sourire méchant s'agrandit, montrant une bouchée de dents en or, puis se transforma en rire ; ses deux serviteurs emboîtèrent le pas.

« Vous avez des bigcajones, M. Savage. Maintenant, dis-moi ce que tu as pour moi. Son rire mourut avec ses mots, ses yeux noirs et brillants, et aucun sourire vil ou autre n'était présent.

"Je suis sûr que vous connaissez l'un de vos capitaines, Mitch Markos."

Harvey m'a remis notre premier élément de preuve tandis qu'Izzy aboyait après ses serviteurs en espagnol. Il ne savait pas que je connaissais l'espagnol et que je le comprenais parfaitement.

« Votre capitaine a été un gars occupé, mais pas nécessairement pour vous. Il a fait tomber un propriétaire d'entreprise légitime il y a cinq ans et est tombé sur le radar de la police locale. J'ai confié la surveillance du FBI sur Markos. «Ensuite, il a emmené leur fille en captivité et l'a transformée en mule de drogue. Il a de nouveau attiré l'attention du FBI lorsqu'il a été répertorié comme son soignant après plusieurs voyages à l'hôpital pour l'avoir battue. J'ai transmis les documents du FBI et les photos d'Antonia à Zamaya.

"Il y a deux jours, il a envoyé des hommes à Tahiti pour voler la même femme qui est désormais sous ma protection." Ses yeux allèrent des dossiers vers moi. J'avais durci ma voix pour qu'il sache qu'Antonia n'était pas une monnaie d'échange. « Pour ce faire, il a retiré à ses soldats deux familles, dont l'une avait un bébé de huit mois, et les a gardées dans le sous-sol d'une de ses propriétés illégales. »

Maintenant, Izzy jurait. Mes recherches n'avaient pas seulement abouti à sa photo, elles m'avaient donné la seule chose qui était sacrée pour Zamaya. Famille.

« Mais voici le pire, du moins pour vous. Le FBI a des preuves d'au moins douze échanges commerciaux distincts avec la Cabale, votre concurrent direct. Il vous vole et vend à votre ennemi.

La chaise d'Izzy recula, atterrissant avec fracas alors qu'il se relevait. Mes hommes se sont préparés à une fusillade totale. Mais Izzy agita la main, attrapa sa chaise et se rassit.

« Que voulez-vous de moi, M. Savage ?

« Dans cinq minutes, le FBI va rencontrer Markos sur les quais. Pendant que le FBI sauve les familles et les met en sécurité, je vous suggère de mobiliser les hommes que vous avez postés là-bas et de renvoyer Markos avant qu'il ne vous dénonce pour une réduction de peine. Je vous donne la chance de le tuer, et le FBI ne vous gênera pas. En échange, je veux que tu oublies que tu l'as déjà vue. J'ai brandi la photo d'Antonia. « Et arrêtez de développer votre business de cocaïne à Tahiti. C'est mon île, et même si j'apprécie votre dévouement à la croissance, je n'ai pas besoin que mes employés s'épuisent à cause de votre marque particulière de conneries. Accord?"

Il a parlé en espagnol à ses serviteurs, et ils sont partis par la porte d'entrée, appelant déjà leurs troupes.

Harvey a transmis le contrat à Izzy avec un stylo.

« Au cas où vous oublieriez votre parole, M. Zamaya, vous signerez ceci, et si quelque chose arrive à Antonia ou à moi, des copies de ceci seront envoyées au FBI. Une assurance dont vous vous souvenez, même si nous ne sommes peut-être pas amis, nous avons un contrat qui nous profite mutuellement à tous les deux, d'après vous ?

Ses yeux s'écarquillèrent brièvement à mon utilisation de son langage, mais il hocha la tête. "Convenu." Il a signé et rendu les documents.

Harvey et moi avons pris congé et avons gardé nos visages sérieux jusqu'à ce que nous soyons loin du restaurant sans incident.

"Putain de merde, c'était fou", dis-je en desserrant ma cravate.

«Je dois te le remettre, Alex; tu ressemblais et tu agis comme un enfoiré effrayant.

J'ai pris quelques respirations profondes. "Merci je pense. J'ai besoin d'un verre, ou dix, d'un massage, puis je rentre à Tahiti. Reste aussi longtemps que tu veux, Harvey. Considérez cela comme un bonus pour tout votre travail.

Une fois de retour dans ma suite, je me suis rempli un gobelet en cristal à ras bord de scotch haut de gamme. Je me suis assis et j'ai regardé les lumières et j'ai imaginé que toutes ces lumières scintillantes étaient des bijoux aux doigts d'Antonia.

J'ai sorti mon téléphone pour voir un message de Buck me disant que tout s'était déroulé comme prévu et que Markos était mort.

J'ai envoyé un message à Johnathan et lui ai dit de renvoyer notre prisonnier en première classe aux États-Unis. Le confinement était terminé ; nous étions tous en sécurité.

J'ai appelé Carl à l'hôtel à Tahiti.

"Bonjour, M. Savage, comment allez-vous ce soir, monsieur ?"

"Fantastique, Carl." Et j'étais meilleur que je ne l'avais jamais été. Mes facultés étaient pleinement engagées pour la première fois depuis toujours, et elle était libérée des liens mafieux qui l'avaient asservie. La vie était sur le point de devenir une grande aventure avec ma reine à mes côtés. "Avez-vous vu la bague par hasard?"

«Je l'ai fait, monsieur; c'est beau. Mme Antonia va adorer.

"Je suis heureux de l'entendre. Faites savoir à votre contact que je serai là demain. Je veux proposer demain soir. Parlez à l'hôte de La Viva et configurez la salle à manger privée pour une reine.

"Oui Monsieur. Y aura-t-il autre chose ?

« Pas pour le moment, mais, Carl, je veux que cela soit secret ; personne ne parle. Cela doit être une surprise totale.

"Oui Monsieur."

"Passez une bonne nuit, Carl, et nous vous reverrons demain." J'ai exploité mon réseau de vols et j'ai trouvé un avion qui partait dans quatre heures. Parfait, je serais alors suffisamment épuisé et en sauce pour dormir pendant les huit heures de vol en avion.

J'ai appelé Rico pour avoir une voiture prête à m'emmener à l'aéroport dans deux heures et demie. J'ai décidé de laisser passer le massage. Je voulais juste être seul. J'ai regardé les lumières scintillantes pendant que je planifiais la nuit parfaite pour demander la main d'Antonia.

Chapitre 17

Antonia

Je me suis réveillé d'un cauchemar qui me faisait me débattre en temps réel.

« Antonia, s'il te plaît, réveille-toi. C'est bon; tout va bien."

« Simone ? » J'ai cligné des yeux plusieurs fois. "Que faites-vous ici?"

"Vous avez réussi à effrayer mon homme." Elle rit. "Alors me voici."

Je me suis souvenu de ce qui m'avait secoué. Je me suis enfui. "Alex!" La pièce tournait en rond et je me laissai tomber sur mes oreillers jusqu'à ce qu'elle s'arrête.

«Antonia, tu dois te détendre, ma chérie. Vous vous êtes cogné la tête deux fois maintenant, et le médecin a déjà mâché Johnathan ; c'est pourquoi il m'a appelé. Alex sera bientôt là. Vous devez le rencontrer. Pensez-vous que vous pouvez économiser de l'énergie pour un rendez-vous avec votre homme ? Cela semblait urgent, mais si vous n'êtes pas à la hauteur, il peut simplement rentrer à la maison et vous voir ici.

"Est-ce que vous plaisantez? Je veux le voir. Combien de temps suis-je resté absent ?

« Vous avez dormi toute la nuit et la majeure partie de la journée. Comment te sens-tu?"

C'était une bonne question. Je n'avais plus mal et, par miracle, je n'avais plus mal à la tête non plus. En plus d'être étourdi lorsque je me suis jeté d'une position couchée à la position debout, je me sentais plutôt bien.

"Beaucoup mieux, presque dans mon état normal."

"Fantastique!" Elle frappa dans ses mains avec enthousiasme. "Nous avons deux heures pour vous préparer, mais d'abord, du café, de l'eau et une collation pour vous accompagner jusqu'au dîner." Simone partit en toute hâte et revint dix minutes plus tard.

"Merci, Simone", lui ai-je proposé alors qu'elle posait un plateau sur mes genoux.

"A quoi servent les besties ?" Elle a souri.

« En parlant de ça, je suis vraiment désolé de t'avoir causé des ennuis. Honnêtement, tout était flou jusqu'à ce que je voie ton cul nu sur les genoux de Johnathan. Je, eh bien, je voulais te complimenter pour la façon dont tu, euh... as fait. Je veux dire, accepter ta punition. Mes joues s'enflammèrent de mon embarras et Simone rigola, visiblement pas du tout surprise ou offensée par ce que je disais.

"Avez-vous déjà reçu une fessée auparavant, je veux dire avec des témoins ?" J'ai demandé.

"Une seule fois, et je ne pense pas que j'aurais pris cette dernière aussi bien que si tu n'avais pas été là. Je voulais être un bon exemple.

J'ai ri à l'idée d'être un bon exemple. "Est-ce que ça t'a dérangé que j'étais là avec toi ou que Johnathan, tu sais, m'a fait ça ?"

« Pas du tout, sœurette. Je sais que la main de Johnathan peut ressembler à une pagaie, donc j'étais plus préoccupé par la façon dont vous la prendriez qu'autre chose.

"Tu as raison. Johnathan ne donne pas la fessée comme Alex.

"Oh, je peux t'assurer que oui," dit-elle, "mais tu n'as pas encore vraiment été puni par Alex. Vous avez reçu la fessée, la fessée, je vous l'avais bien dit, et l'encouragement à faire mieux, la fessée. Mais pas la fessée punitive totale, mais je pense que vous le ferez bientôt.

« Ouais, eh bien, maintenant que je sais qu'il existe tant de types différents, je vais devoir faire mieux. Et tu en as oublié un, je vais te donner une fessée jusqu'à l'orgasme. C'est mon préféré.

Simone a ri et a dit : « Ce n'est pas étonnant qu'il t'adore. Si vous pouvez jouir avec une fessée, vous êtes assez spécial.

"Je suis ?" Dis-je, les yeux clignotant de surprise.

« Oui, unique comme une licorne. Maintenant, nous devons commencer. J'ai une image en tête et des directives d'Alex.

"Oh ?"

Simone rigola encore. «Va prendre une douche et rase-toi toutes les parties. Je m'occuperai du reste.

Je suis allé faire mon truc, sortant de la salle de bain une demi-heure plus tard pour découvrir que Simone avait disposé la robe spéciale sur le lit, la rouge de mon premier jour à Tahiti. Depuis, c'était déjà comme si c'était il y a une éternité. À côté de la robe se trouvaient la lingerie rouge, une boîte à chaussures découverte contenant des talons aiguilles rouges et deux boîtes à bijoux.

"Qu'est-ce qu'il y a dedans ?" Ai-je demandé en regardant les boîtes comme si elles contenaient des vipères venimeuses.

"Je n'ai pas regardé, mais ils sont arrivés pendant que tu étais sous la douche avec ce mot", dit-elle en me tendant une petite enveloppe.

Je l'ai rapidement déchiré et je n'ai pas été surpris de voir qu'il venait d'Alex.

Ma très chère Antonia, s'il te plaît, ajoute ma sélection à ta tenue pour ce soir. Un trésor pour mon trésor, Love Alex.

J'ouvris le couvercle de la plus grande boîte et haletai sous le choc. Simone m'a rejoint et a émis un petit sifflement d'appréciation.

"Ouah! Quand Alex Savage achète des bijoux, il achète vraiment bien. C'est magnifique." Elle leva le tour de cou en or rose qui brillait de diamants noirs. Vêtu uniquement du peignoir blanc, je frémissais pratiquement lorsque Simone plaçait le tour de cou autour de mon cou et je courus vers le miroir. C'était magnifique et me paraissait parfait. Les diamants noirs captaient la lumière de la fenêtre et envoyaient des éclairs de lumière à travers la pièce.

Je suis revenu au lit et j'ai ouvert la petite boîte qui contenait un bracelet de tennis assorti. Simone m'a mis ça aussi, et je me suis reculé et j'ai admiré les bijoux dans le miroir.

« Simone, combien penses-tu que cet ensemble a coûté ? »

Elle examina attentivement les pièces. « Je parierais environ cent mille. Nous manquons de temps. Va enfiler cette lingerie pour que je puisse te coiffer et te maquiller. Ensuite, nous vous enfilerons votre robe et vos chaussures. Cooper vous conduira à l'hôtel et vous accompagnera jusqu'à votre lieu de rendez-vous avec Alex.

À mon retour, Simone s'est occupée de mes cheveux, créant un chignon bas bouffant classique et bouclant quelques mèches de cheveux pour qu'elles tombent doucement sur les côtés de mon visage. Je n'avais aucune expérience avec mes cheveux à cause de leur couleur dorée. Je le cachais généralement sous un chapeau lorsque je travaillais pour le cartel, et quand je ne le faisais pas, il était soit en queue de cheval, soit en queue de cheval.

Ce que Simone avait créé était une élégance simple. Je ne pouvais pas m'empêcher de regarder l'effet global. Mon maquillage, lui aussi, était d'une perfection discrète et me faisait paraître cinq ans plus âgé. Elle a assombri mes yeux, leur donnant un aspect charbonneux, et a mis en valeur la couleur naturelle de mes lèvres avec un léger gloss. C'était sensuel. C'était le seul mot qui avait un sens.

Ensuite, j'ai enfilé la robe, puis Simone a mis les talons aiguilles à mes pieds. Quand je me regardais dans le miroir, je me reconnaissais à peine.

"Tu es magnifique, Antonia, une vraie vision."

"Pensez-vous qu'Alex va aimer ça ?"

« Il serait idiot de ne pas le faire, mon cher. Maintenant, il est temps de vous faire descendre. J'ai dit à Cooper qu'il devait conduire lentement pour ne pas vous ébouriffer.

Cooper était devant et m'a aidé à monter dans la voiturette de golf. "Vous êtes magnifique, Miss Bloom."

Je rougis au compliment et le remerciai. Nous n'avons pas parlé pendant les cinq minutes de trajet en voiture. J'étais tellement nerveuse et je ne savais pas pourquoi, à part dire que j'espérais avoir l'air aussi belle qu'Alex l'espérait. Je savais que les affaires auxquelles il s'était occupé étaient pour moi.

Une fois dans le hall, Cooper m'a escorté jusqu'à la rangée d'ascenseurs et nous en avons pris un jusqu'au dix-huitième étage où se trouvait La Viva. Je n'y étais pas encore allé, mais Simone avait dit que la nourriture était à tomber par terre. Cooper n'est pas descendu de l'ascenseur avec moi lorsque les portes se sont ouvertes.

« C'est à vous de décider maintenant ; bonne chance." Il fit un clin d'œil, puis les portes se refermèrent.

Le hall du restaurant était orné de plantes et de fleurs exotiques. J'ai fait les quelques pas qui me mèneraient au coin de l'entrée. Carl et un autre homme m'attendaient, et quand ils m'ont vu, leurs yeux se sont écarquillés avant d'avoir eu le temps d'étudier leurs traits.

« Miss Bloom, vous êtes exquise ce soir. M. Savage vous attend avec impatience. C'est Rodrigue ; il s'occupera de vous et de M. Savage ce soir.

« Bonjour et merci d'avance pour votre service. S'il vous plaît, montrez le chemin. Rodrigo menait et je le suivis à travers le restaurant jusqu'à une aile séparée. Lorsqu'il ouvrit les portes, Alex se tenait là, ressemblant au magnifique milliardaire qu'il était. Mes parties féminines se sont serrées lorsque ses yeux ont croisé les miens, et je suis resté suspendu comme un poisson au bout du leurre. Puis je marchais, Rodrigo me conduisait vers lui.

Dès que je fus assis, il partit rapidement et Alex et moi étions enfin seuls.

« Antonia, tu es une vision. Et cette robe, disons simplement que j'apprécie tous la vue. Ses yeux brillaient d'humour, et j'ai finalement respiré et détendu.

"C'est adorable. Est-ce qu'on fait la fête ?

"Oh oui, nous célébrons effectivement."

Il m'a tendu une enveloppe en papier cartonné et m'a demandé de l'ouvrir. J'ai sorti le contrat de trois pages et j'ai regardé d'abord vers le bas pour voir trois signatures. Harvey Wetzler, Alexander Savage et Izzy Zamaya. Mes yeux allèrent des signatures à Alex.

"Qu'est-ce que cela signifie?"

« Cela signifie que tu es libre, Antonia, libre du cartel Sina, libre de Markos et libre de ton passé. Vous pouvez vivre une nouvelle vie.

J'ai lu le contrat et j'ai vu par moi-même ce qu'Alex avait fait pour moi.

«Alex, je ne sais pas quoi dire. Que pourrais-je dire pour que tu comprennes ce que cela signifie pour moi ? Une seule grosse larme coula et glissa lentement sur mon visage parfaitement épousseté pour se laisser tomber sur le contrat.

"Tu n'as pas à me remercier, Antonia, c'est le moins que je puisse faire pour la femme que j'aime."

"Amour, vraiment, Alex, tu es sûr?"

"Antonia," grogna-t-il.

Mais je n'étais ni inquiet ni hésitant. En fait, son grognement était un rappel des meilleures choses de la vie. Une vie sans regarder par-dessus mon épaule, une vie avec un homme qui m'avait volé mon cœur et créé une brûlure si profonde qu'elle était ancrée dans les parois mêmes de mon être.

"Je t'aime aussi, papa."

Alex se leva et se rapprocha de moi. Se mettant à genoux, il sortit une petite boîte de la poche de sa veste.

"Antonia Bloom, me feras-tu l'honneur d'être ma femme, ma reine et mon gosse ?"

Il a ouvert la boîte et la bague m'a époustouflé. Les bijoux que je portais déjà s'accorderaient parfaitement.

"Je pense que c'est la bague la plus belle et la plus unique que j'ai jamais vue." J'ai parlé avec un niveau de crainte dans mon ton. La bague était vraiment magnifique, avec une perle géante au centre d'un récif de corail, et la perle correspondait à la couleur de mes yeux. « Avec une offre pareille, comment pourrais-je dire non ?

Alex a sorti la bague de la boîte et l'a glissée à mon doigt.

"Pour la femme la plus belle et la plus unique du monde." Il se leva alors et me releva. « Que veux-tu faire en premier, presque Mme Savage ? Vous le nommez. N'importe quoi au monde.

"Et si nous faisions sauter cet endroit et rentrions à la maison, commandions une pizza et regardions Shark Tank ? Qui sait à quoi cela pourrait mener."

Alex parut surpris.

"Es-tu sûr ? L'offre est ouverte à tout ce que votre cœur désire.

"Je sais, papa, mais mon cœur ne désire qu'une chose, toi, pour moi tout seul." J'ai agité mes sourcils de haut en bas.

Alex s'est moqué de mes pitreries enfantines. "Bonne idée et je te dois une fessée." Il m'a pris le bras et m'a conduit jusqu'à l'ascenseur. Une fois à l'intérieur, il m'a pris dans ses bras et a dévoré mes lèvres avec les siennes. Lorsque l'ascenseur sonna au rez-de-chaussée, il s'éloigna à contrecœur.

"Juste un avant-goût de ce qui va arriver", dit-il en me ramenant à notre voiturette de golf. Et une fois que nous étions assis, j'ai tendu la main et j'ai frotté sa queue dans son pantalon.

"Idem."

Nous avons ri pendant tout le chemin du retour.

La fin

Don't miss out!

Visit the website below and you can sign up to receive emails whenever Père Lolo publishes a new book. There's no charge and no obligation.

https://books2read.com/r/B-A-WAWIB-CEWGD

BOOKS2READ

Connecting independent readers to independent writers.

Did you love *Le Passager Clandestin*? Then you should read *Emprisonné par le sorcier*[1] by Jim Cartis!

Mes parents m'ont appelé Reimund Gardiner, mais le méchant sorcier qui m'a volé m'appelle Rei. Emprisonné dans sa tour impénétrable, au plus profond de la nature sauvage, j'ai aspiré à la liberté toute ma vie.

Mais mon espoir s'estompe à chaque lever et chute de la lune et du soleil. Il semblerait que la fuite soit impossible. Je suis impuissant face à la magie maléfique de Gotham, obligé de tisser quotidiennement pour le fou, utilisant mes cheveux enchantés pour enrichir ses coffres.

Il récupère ma récolte tous les soirs à minuit, grimpant sur mes cheveux, et si je ne livre pas, les résultats sont désastreux.

---

1. https://books2read.com/u/bOpWWE

2. https://books2read.com/u/bOpWWE

Jusqu'à ce qu'une nuit, un prince, et non un sorcier, m'accueille près de ma fenêtre. Son nom est Ziran, un aventurier audacieux prêt à hériter du trône d'Elohime. Et il est là pour me conduire à la liberté.

Ou, dit-il, il me charme, prétendant être mon compagnon destiné. Mais puis-je faire confiance à ce puissant alpha pour tuer Gotham et sauver la situation ? Ou, aveuglé par l'amour, croire en Ziran sera-t-il ma pire erreur ?